二人の皇帝
～淫らな愛の板挟み～

Yoneka Yashiro
矢城米花

Honey Novel

Illustration

成瀬山吹

CONTENTS

プロローグ

控えの間を、二つの荒い息遣いと喘《あえ》ぎ声が満たしていた。

「い、痛い……痛いです」

「体に力を入れると痛みが増す。ゆっくり息を吐くんだ」

なだめる口調で言い、アレンがさらに深く腰を沈めてくる。ミルシャは言われた通りに体の力を抜いて、受け入れようとした。愛するアレンの妻になるには、この痛みに耐えねばならないのだ。

（あぁ……奥まで、入ってきてる……）

体を合わせるとかつながるという表現の意味を、今までは漠然としか知らなかったけれど、今はっきりと実感した。いや、今の自分とアレンに一番ふさわしいのは、『一つになる』という言葉かもしれない。

本当は今こんなふうに交わってはならないのだ。儀式の決まりを破り、二人きりで肌を重ねているという興奮が、ミルシャの息をはずませる。

――今日は皇帝アレン・イグリースと、小国オーグルの王女ミルシャの結婚式だった。大広間での結婚式は終わったが、婚姻《こんいん》にまつわる儀式はまだまだいくつもある。次の出番までミルシャは控えの間で一人待つことになっていた。

しかしアレンがこっそり忍んできたのだ。

『次の儀式の、婚姻の誓《ちか》いでは、立会人が見ている前でお前の体を開かせて、つながらねばならないんだ。だが初めての経験を、物見高い立会人の視線で汚したくない。初めて愛し合う時だけは、二人きりでと思ったんだ。……愛している、ミルシャ』

そう告げられて、拒む理由など何もない。ミルシャはアレンに身を委《ゆだ》ねた。

本当にそれでよかったのだろうか――そんな不安を覚えたのは、丁寧な愛撫《あいぶ》で体をほぐされ、貫かれたあとだ。

「根元まで、入った。……これでお前は、俺のものだ」

その声を聞いた瞬間に、違和感を抱いた。何かがおかしい。ミルシャは自分を貫いている青年の顔を見上げた。

(アレン様……?)

自分が知っているアレンとは、口調も表情も微妙に違う。片方の口角を引き上げてにやっと笑う癖があるのは知っているけれど、

(こんな雰囲気だったかしら……?)

顔には歪《ゆが》んだ喜びがにじみ、声にはざまみろと言わんばかりの満足感が混じっている。アレンはこんな邪悪な笑い方をしただろうか。――自分の処女を奪ったこの青年は、本当に夫のアレンなのか。

「大丈夫か？　痛むのか」

「え……」

案じる声で問われて、ミルシャは我に返った。暗青色の瞳《ひとみ》が、心配そうな光を浮かべて自分を見つめている。

「強引すぎたか？　すまない……無理なら、やめよう」

声も顔も、アレンだ。強引そうに見えて優しいところがあるのを、ミルシャはちゃんと知っている。さっき、妙に歪んだ邪悪な気配を感じたのは、気のせいに違いない。

「大丈夫です、アレン様。少し、きつかっただけ……」

「そうか。……動かすから、苦しかったら言え」

「え……ぁ、ああっ！」

自分を深々と貫いた牡《おす》が、ゆっくりと動き始める。

(違う人だなんて、疑ってごめんなさい。アレン様……愛してます)

後悔と反省と、限りない恋心を込めて、ミルシャは逞《たくま》しい背中に回した手に力を込めた。

1

事の起こりは、ブレッセン帝国の若き皇帝、アレン・イグリースが馬車を連ね兵士を引き連れて、辺境の小国オーグルを訪ねてきたことにある。

ブレッセン帝国は大陸の中でも一、二を争う強大な国だ。

五年前に大陸を席巻した疫病《えきびょう》により両親を失い、新皇帝となったアレンは、国を発展させるための政策を、次々と打ち出した。

その一つが、砂漠を越えた東方との交易である。

交易を発展させるためには、東部の国々との連携が不可欠だ。皇帝アレンは東方の諸国を自ら巡り、最後にミルシャのいるオーグル王国を訪ねた。大陸の東端、砂漠に接する小国で、陸路で東方と交易するには必ず通る場所だ。

オーグル王国は皇帝の来訪を大歓迎した。帝国と辺境の貧乏小国では、国の格が違う。最大級の敬意を払い、国王と王妃に加え、今年十八になる長女のミルシャを筆頭に、王女王子の総勢五人が、臣下とともに王宮前の広場に並んで皇帝一行を出迎えた。長い行列を見守るうち、弟が興奮した声を上げた。

「見て！　あの人の剣、鞘《さや》が綺麗《きれい》で格好いい！　衣装もすごく贅沢《ぜいたく》だよ」

弟が示した方を見て、ミルシャの心臓が音をたてて跳ねた。

一際贅沢な馬車の斜め前に、見事な栗毛《くりげ》の馬を駆る、美青年がいる。

（素敵……）

年の頃は二十代半ばか。若々しく俊敏な身のこなし、凛《りん》と引き締まった端整な面立ち。長身のせいか一見細身の印象を受けるけれど、よく見れば肩幅の広い逞しい体格で、相当武芸で鍛えていることを窺《うかが》わせる。

（文官の格好じゃないわ。皇帝の馬車のそばにいるってことは、側近の武官か、それとも近《この》衛《え》隊長かしら？）

薄い唇がやや冷たい印象を与えるものの、きりりと濃い眉《まゆ》、輝く金髪によく映える暗青色の瞳、長くて器用そうな指——何もかもが、ミルシャの夢見ていた『お伽噺《とぎばなし》の白馬の騎士』そのものだ。いや、理想以上だ。うっとりと、ただ見つめるしかできない。

一行は静かに進んでいく。

王女や王子の前を、栗毛馬に乗った青年が通り過ぎた。まっすぐ前を見ていた青年が、ミルシャたちの方に顔を向け、わずかに微笑した。

（きゃあああ、笑った!?）

ミルシャの心臓が、爆発しそうに激しく拍動を始める。

（きりっとした表情も素敵だけど、笑った顔も魅力的だわ。誰かしら。皇帝の馬車のそばにいるってことは、側近？　だったらきっと、ブレッセン帝国の貴族よね。……もしかして、可能性ありなんじゃないの？）

王族は他国の王族と結婚して、友好関係を深めねばならない。だがそれにも国と国の釣り合いというものがある。皇帝本人とは到底無理だが、側近の貴族ならば、小国の王女にはちょうどいいのではなかろうか。オーグル王国とブレッセン帝国の結びつきが強まるのは、望ましいことのはずだ。

もしあの青年が独身で、ミルシャを憎からず思ってくれれば――。

（結婚させてもらえるかもしれないわ。……どうしよう。なんだか、期待しちゃう）

想像しただけで顔がほてる。ミルシャは両手で頬《ほお》を押さえ、通り過ぎた青年の後ろ姿を目で追った。

皇帝の馬車が、オーグル国王夫妻の前に着いた。隊列の進行が止まる。馬から青年が下りるのと同時に、従者が馬車に駆け寄って扉を開けた。降りてきたのは、白髪《しらが》に白い髭《ひげ》、腰の曲がった老人だ。出迎えのオーグル側に、唖然《あぜん》とした気配が漂った。皇帝はまだ二十五歳の青年のはずだ。

（あのお爺《じい》さん、誰？　あ、宝冠を持ってる……）

大粒の宝石をはめ込んだ宝冠を捧《ささ》げ持ち、老人はよたよたと歩いていく。その先にいるのは、一目でミルシャの心を奪った、あの青年だ。

(え？　ちょ……ちょっと待って。何、どういうこと？)

ミルシャをはじめ、皆が呆気《あっけ》に取られる中、青年は受け取った宝冠を無造作に自分の頭に載せた。ばさりとマントをひるがえし、国王夫妻へと向き直る。

深みのある力強い声が、名乗りを上げた。

「此度《こたび》はわざわざの出迎え、痛み入る。ブレッセン帝国皇帝、アレン・イグリースだ。貴国との友好が、深く、永《なが》からんことを」

人垣がどよめいた。

(えええぇ!?　ちょっ……何それ!?　あの人、側近じゃなかったの!?)

ミルシャの両親も、皇帝は馬車の中にいると思い込んでいたのだろう。大慌てで青年の前に進み出て、歓迎の辞を述べた。広場に集まっていた人々が、歓呼の声をあげ始める。

弟や妹たちが驚きの声をこぼした。

「うわぁ、あれが皇帝陛下だったんだ……てっきり護衛か何かだと思ってた」

「どうして馬車に乗っていらっしゃらなかったのかしら。変よね、姉様。……姉様？」

ミルシャの耳には入らない。

(だめだわ、失恋確定……国の格が違いすぎるもの)

足がふらつく。眩暈《めまい》がする。精神的なショックに加え、コルセットでウエストを強く締めつけ、一刻以上も立ちっぱなしで出迎えていた疲労が、一気に押し寄せてきた。

「……きゃーっ、姉様!?　しっかりして！」

「姉上、大丈夫!?」

ミルシャは、ぱったりと倒れた。


皇帝アレンは、初めて訪ねる大陸東部の文物、風景をしっかり観察したいと考え、馬上の旅を選んだのだという。小窓しかない馬車の中にいたのでは、他国の景色や、帝国の皇帝に対する他国民の反応がよく見えないからだ。重い宝冠をかぶったまま馬を駆るのは疲れるため、老齢の侍従長に預けて馬車に乗せていたらしい。

末の妹が集めてきた情報を聞かされ、ミルシャは枕《まくら》に顔を伏せた。

「そんなの、詐欺《さぎ》よぅ……」

結婚できるかもと期待してしまったため、ショックが大きい。妹が頭を撫《な》でてくれた。

「ミルシャ姉様、元気出して。ピムも心配してるわ。ねえ、そうよね？」

妹の言葉に同意するかのように、籠《かご》の中の子猿が甲高い声で鳴いた。二ケ月前、ミルシャが野遊びに出た時、怪我《けが》をして動けなくなっているのを見つけた、白毛の猿だ。ミルシャは

引《ひ》っ掻《か》かれて傷だらけになりながらも、子猿を保護して傷を手当てした。今ではすっかりなついた。人慣れしすぎて山に返せないので、ペットにしている。

ミルシャは身を起こし、子猿を籠から出すよう妹に頼んだ。首にリボンをつけた子猿はそばに跳んできて、胸に飛びつく。その間に妹は、コップに水を汲《く》んできてくれた。

「心配させてごめんね。ピムもアルナも、ありがとう」

「いいの、いいの。それより姉様、皇帝陛下にお会いしたら、ちゃんとお礼を言ってね？倒れた姉様を抱き上げて運んでくださったのは、陛下なんだもの」

ミルシャは口に含んだ水を噴いた。激しくむせる。

「ち、ちょっと、姉様。大丈夫？」

大丈夫なわけがない。咳《せき》の合間にミルシャは呻《うめ》いた。

「嘘《うそ》、嘘よ……そんなの知らない！　知らないわ!!　皇帝陛下に、そんな……」

「姉様、気絶してたもの。ほんと、素早かったのよ。駆け寄ってきて『日陰で休ませなければ』っておっしゃって、ひょいって姉様を抱き上げて、広場からお城の中へ運び込んで、侍女たちに引き渡してくださったの。お父様とお母様、すごく恐縮してらしたわ」

ミルシャの全身から汗が噴き出した。

一目惚《ひとめぼ》れの相手に抱き上げられたのに、当の自分は何一つ覚えていない。あまりにも、もったいない――いや、恥ずかしい。

（ウエストはコルセットで締めてたけど、抱き上げられたら体重が丸わかりだわ。どうしよう。きちんとしたご挨拶《あいさつ》もできずに気絶したうえ、太ってるって思われたら……やだ、恥の二段重ね！　せ、せめてお詫《わ》びとお礼を言わなくちゃ！）

ミルシャは寝間着を脱ぎ捨て、動きやすい普段着のドレスをひっつかんだ。

「姉様、どうしたの？　何をする気？」

「皇帝陛下は今、どちらにいらっしゃるの!?」

「お父様と一緒に、砂漠へ出る街道と、ダイムの泉を視察しにいらしてるはずよ。お礼を言うなら、晩餐会《ばんさんかい》の時でいいじゃない」

「そんなに長い時間待てない！　恥ずかしくて、おかしくなっちゃうわ！」

部屋を飛び出そうとしたら、また子猿が肩に飛び乗ってきた。剝《は》がす時間が惜しいので、そのままミルシャは駆け出した。

「ちょっと、姉様！　髪とか、そんな格好で……姉様ったら!!」

後ろで妹が叫んでいたが、耳に入らなかった。

ミルシャは愛馬を駆って、父が皇帝を案内しているダイムの泉へ急いだ。泉のある広場に近づくと、ざわついた雰囲気が伝わってきた。兵士が広場の入り口を警備しているし、皇帝と父はまだここにいるようだ。

「これは、姫様。そんなに慌ててどうなさったのですか」

「陛下に用事なの!! あ、お願い! この馬を見ていて!」

声をかけてきた兵士に馬を預けて、ミルシャは広場に走り込んだ。奥にある泉の取水口近くに、父とアレンの姿が見えた。途端に足が動かなくなった。

(どうしよう、素敵……馬に乗ってても、普通に立ってても、横顔でも格好いい)

広場の入り口に立ったまま、うっとりと見つめるミルシャに、父もアレンも気づかないようだ。こちらに背を向ける形で話しているせいだろう。泉の水質や、隊商への水の補給について話していたようだが、そのうち話題が変わった。

「……そうだ、さっき倒れた姫君は大丈夫だろうか」

「ああ、一番上のミルシャですな。まさか皇帝陛下が運んでくださろうとは……いや、まことにありがとうございました」

「いや、たまたま俺が近い場所にいたので、手を貸しただけのことだ」

皇帝にしては乱暴な言葉遣いだが、そこがいい。型にはまらない感じが、一層魅力的だ。

返す返すも、気絶していたのがもったいなさすぎる。途中で目を覚ましていたら、憧《あこが》れの人に抱き上げられた夢のような一時が、最高の思い出として記憶に残っただろうに。

そんなことを考えていたら、アレンが呟《つぶや》くのが聞こえた。

「弟御《おとうとご》や妹御《いもうとご》が心配して駆け寄っていた。姉弟仲が睦《むつ》まじいのは、何よりのことだ」

声に羨《うらや》む響きが混じっている。なぜだろう。父も同じ疑問を持ったらしく、アレンに向かって問いかけている。

「皇帝陛下には、ご兄弟がおいでてしたかな？」

「そんな者はいない！」

切り捨てるような強い口調の返事だった。どうしたのだろう。兄弟に何か、いやな思い出があるのだろうか。ミルシャが不思議に思った時、肩に乗った子猿が唸《うな》った。

「どうしたの、ピム？」

目を向けると、子猿は怒りと怯《おび》えが混じった表情で唸り、歯を嚙《か》み鳴らしている。視線は遠く離れたアレンの足元に向いていた。

（……あっ！）

ミルシャは息を吞《の》んだ。泉の石積みの陰から、長さ一尺半ほどの蛇《へび》が這《は》い出てきている。独特の色と模様、ふくらんだ頭の形は、猛毒を持つウチワヘビに違いない。

「……陛下、危なーいっ！」

叫びながらミルシャは、全力で駆け寄った。

「ええい！」

押さえ棒はない。こんな時の退治の仕方はただ一つだ。ミルシャは蛇の尻尾《しっぽ》をつかんで、思いきり石積みに叩《たた》きつけた。骨の砕ける感触が、手に伝わってくる。

（うっ、気持ち悪い！　だ、だけど、しっかりとどめを刺さなきゃ……!!）

もう一度叩きつける。握った尾はまだびくびく動いていたが、明らかに断末魔の動きだった。手を放すと蛇は地面に落ちて弱々しく身をくねらせたあと、動かなくなった。

父がどたどたと駆け寄ってくる。

「……ミルシャ、どうした！　おお、それはウチワヘビではないか」

「そこの、石の隙間《すきま》から這い出してきたんです、お父様。ピムが騒いだので気がついて……でも首を押さえる棒がないので、つかまえて頭をつぶすしかないと思って」

「うむうむ、よくやった。じゃじゃ馬のお前ならではの手柄じゃや。こやつに咬《か》まれれば、駱《らく》駝《だ》でさえたちまち命を落とすゆえな」

父が満足げに頷《うなず》く。珍しくお転婆《てんば》を褒められて、ミルシャは頬を上気させた。その時、笑いを含んだ声がした。

「勇ましい姫だ」

声にハッとして振り向くと、わずか二歩ほどの距離にアレンが立っていた。

（きゃあああ、近い！　皇帝陛下、近い!!　ていうか、間近で見ても素敵、睫毛《まつげ》長い！）

ミルシャの全身が熱くほてる。驚愕《きょうがく》と恍惚《こうこつ》に意識が混乱して、言葉が出てこない。

「恥ずかしいことだが、まったく蛇の気配に気づいていなかった。実に見事な判断と、素早い反応と、鮮やかな蛇退治の手並みだったな。助かった、礼を言う」

「あ、い、いえ、あのっ……その……わ、私も、自分で気づいたわけじゃなくて、ピムが唸ったから……その、ピムって、この子です。猿って蛇が嫌いっていうか、怖いらしいんです。それですぐ気づいてくれて……」

しどろもどろのミルシャを見かねたのか、父が横から助け船を出した。

「ところでお前は、何をしに来たのだ？　何か用があったのだろう」

「は、はいっ！　皇帝陛下に、お詫びとお礼を申し上げたくて……あ、あのっ、気絶してしまって、きちんとお出迎えできなくて、申し訳ありません！　それから、私を運んでくださったそうで、どうもありがとうございました!!」

勢いよく頭を下げたら、髪がばさっと前にかぶさってきた。ミルシャは固まった。

（あれ？　もしかして……結い忘れたまま、来ちゃった？）

髪だけではない。身にまとっているのは、普段着のドレスだ。動きやすいけれど、飾り気がなくシンプルすぎる。今になって、妹に『そんな格好』と止められた理由を理解した。思い込んだら周囲が見えなくなる自分の性格を悔やんだけれど、今更遅い。

（この格好でご挨拶って、かえって失礼だったかも……？）

服飾にうとい父にはわからないだろうが、皇帝アレンの目に、普段着で押しかけてきた自分はどう映っただろうか。額や首筋に汗がにじみ出す。

「気にするな、姫。出迎えのために立ちづめで疲れたのだろう。すまないことをした。貴婦人というのは、ショックを受けたり、暑さ寒さでよく気絶するものだから、ミルシャ姫も体が弱く……は、ないか？　蛇を退治するほどだし」

そこまで言ってから、ミルシャを眺めて、アレンが不思議そうに呟く。

「淑女はよく気絶するものだが、大抵は抱き起こしたらすぐに気がつく。城の中へ運んでも意識を失ったままだったのは珍しい。ミルシャ姫はよほど体が弱いのかと思っていたが、さっきの様子ではそうでもなさそうだ。なぜあんなに長く気絶していた？」

「そ、それは……」

一目見た瞬間に憧れて、恋して――けれども、素性を知った瞬間に失恋した。それがショックだったせいだろうとは、いくらなんでも言えない。

言葉に詰まったミルシャの代わりに、父が口を挟んだ。

「はっはっは、ミルシャは帝国のしとやかな貴婦人方とはわけが違います。病弱などという言葉とは一切縁のない、元気そのものじゃじゃ馬娘ですとも。お出迎えの時はおそらく、腹が減って目を回したのでしょう」

「！」

ミルシャの拳《こぶし》が震えた。年頃の女の子、それも自分の娘を評して、この父親はなんということを言うのだろう。父はまだ喋《しゃべ》り続けている。

「こんながさつ者を皇帝陛下に抱き上げて運んでいただいたなど、恐縮の至りです。ミルシャよ、意識が戻ったあとで食事はしたのか？　いつかの礼拝中のように、ぐるぐる腹を鳴らしてはみっともないぞ。はっはっはっは」

「お父様！　冗談はやめてください、私、おなかが空《す》いて気絶したわけじゃありません！」

「おお、そうか。ではコルセットの締めすぎか？　お前の母も昔、賓客《ひんきゃく》を招いた舞踏会で同じ失敗をしでかした」

「ち、違……!!」

必死に否定しようとしたが、遅かった。

「なるほど。コルセットのせいか」

いかにも得心したという口調で、アレンが言う。その視線が、自分のウエストのあたりを行き来しているのに気づいて、ミルシャの体が恥ずかしさに燃え上がった。

(み、見比べられてるっ！)

急ぐあまり、コルセットをつけないまま飛び出してきた。サッシュで軽く締めているだけだから、本来のウエストサイズが丸わかりだ。謝罪に来て、逆に恥を重ねてしまった。

「……いやーっ!!」

身をひるがえし、ミルシャは広場から逃げ出した。

「どうしたのだ、あやつ……」

走り去る娘をぽかんとして見送った国王の耳に、いかにも楽しげな笑い声が聞こえた。振り向くと、皇帝アレンが天を仰いで笑っている。国王は慌てて詫びた。

「娘が無礼な真似《まね》をして申し訳ありません、皇帝陛下。王女とはいえ、野育ち同然のお転婆でして、どうかご寛恕《かんじょ》のほどを」

「怒ってなどいないし、無礼とも思っていない。俺の命の恩人だし、実に楽しい姫だ」

「は、はあ……」

「嘘偽りがないのがいい。あんな正直な姫は初めてだ。皇帝たる俺の気を引こうとして、気絶するふりをする女は大勢いたが、本当に気絶していたり、それが空腹のせいとか、コルセットの締めすぎだとか、面白すぎる」

またしばし笑ったあとで、アレンは呟いた。

「健康そうだし、同腹の姉弟が五人。多産な血筋のようだ。多少風変わりなところはあるが、元気で素直で愛らしい。考えもしなかったことだが……悪くないな。しかし本人がどういうつもりでいるのか、そこは確認しておかないと。うむ」

面白そうに一人で頷いているアレンを、王は困惑して見つめた。

（今度こそ、きちんとお詫びしなきゃ。昼間は変な格好で失礼しました、って……）

帝国の皇帝を歓迎する舞踏会に、ミルシャは並々ならぬ決意を持って望んだ。

侍女や妹たちが一番似合うと保証してくれたミントグリーンのドレスをまとい、結い上げた髪には真珠を飾った櫛《くし》を差している。この装いなら、無礼にはあたるまい。昼間の失敗はもう忘れよう。美しく装い、今度こそ皇帝の前で淑女らしく振る舞って、『がさつで変な娘』の印象を払拭《ふっしょく》し、恋を終わらせるのだ――そう決意を固めていた。

けれどもアレンが、宝冠を頭に載せた正装で現れたのを見ると、自分の格好のことなど頭から消し飛んだ。

（やっぱり、素敵！　大好き!!　……ううん、だめ。ちゃんと終わらせなきゃ！）

しかし本当に、この魅力的な人への恋を諦《あきら》められるのだろうか。

条約締結の宣言や両国の友好を祝う言葉のあと、舞踏会が始まった。アレンも父もダンスには参加せず、人々の祝辞を受けている。人が途切れた頃合いを見計らい、ミルシャはアレンの前に進み出て、できる限りしとやかに一礼した。

「皇帝陛下。昼間はご無礼の数々、本当に申し訳ありませんでした」

「ミルシャ姫か」

声の響きからすると機嫌は悪くないようだ。ほっとして顔を上げたら、微笑しているアレンと目が合った。

「無礼などと、つまらないことを気にするな。お前は命の恩人だ」

「そ、そんな！　私、何も……」

「いや、戦いに慣れた武官であっても、蛇がいると気づいた瞬間に、お前ほど適切な行動が取れるとは限らない。お前は素晴らしかった。振り乱した赤毛が日の光を受けて、狩猟の女神のようだった」

思いがけない賛辞に、ミルシャの両頬が燃え上がった。嬉《うれ》しさに、心臓が一際大きく跳ねる。だがアレンの言葉にはまだ続きがあった。

「毒蛇の尻尾をつかんだ勇敢さと素早さ、急所の頭を石に叩きつけ、素手で退治した一瞬の判断。実に見事だったぞ。女は蛇を見れば気絶するものと思っていたから、驚いた」

「……っ！」

恥ずかしさに全身がほてった。

オーグル王国の人々は、ミルシャのお転婆ぶりをよく知っているが、それでも蛇を素手でつかまえて殺すほどとは思っていなかったようだし、まして皇帝アレンに随行してきた人々はざわめいて顔を見合わせている。

固まって返事ができないミルシャに、アレンはさらに追い打ちをかけた。

「そうそう、コルセットを締めすぎて、気絶するなよ。今度は運んでやらないぞ」

近くの人々が笑いをこらえている様子なのがわかった。

(む、無理！　恥ずかしすぎ!!)

もう耐えられない。形ばかりのお辞儀をして、ミルシャは皇帝の前から逃げ出そうとしたが、思いがけない言葉で呼び止められた。

「待て。一曲踊ろう」

「は？」

「色気のない返事だな。せっかくの舞踏会だ、一曲踊ろうと言っている。いやか？」

「い、いえっ！　いえいえいえ、いやだなんて、とんでもない!!」

「なら、よかろう。来い」

ぶんぶん首を振ったミルシャの手を取り、アレンは大広間へと歩み出た。

ミルシャの心臓は爆発寸前だ。視界の隅に、唖然としている両親の顔と、びっくりしたりわくわくしたり、あるいは応援するかのように握り拳を作っている弟妹の姿が映る。楽隊がさりげなく音楽を切り替え、アレンとミルシャが部屋の中央に着くタイミングを見計らって、新しい曲を奏で始めた。

（お、落ち着いてっ！　落ち着いて足を動かす！　大丈夫よ、ダンスは得意なんだもの、足を踏んだりしないわ……!!）

そう自分に言い聞かせたが、緊張のせいで普段のようには踊れない。

「どうした？　表情も動きもぎこちないぞ、ダンスは苦手か？」

「い、いいえ……苦手じゃ、ないです」

「だろうな。体を動かすことは得意そうだと思った。あの子猿は置いてきたのか？」

「部屋に置いてきました。こんな場所に連れてきたら、食べ物をほしがって暴れるので」

「女というものは、小鳥か猫か、ふわふわした小型の犬しか飼わないと思っていた」

「ピムは、野遊びの時に見つけたんです。群れとはぐれて怪我をしていたので、城へ連れ帰って手当てをしたら、私になついてしまって……」

せっかく憧れの人とダンスしているというのに、なぜ自分は猿の話などしているのだろう。もっとロマンチックな会話があるはずだが、

（……だめ。考えつかない）

それでも子猿の話をしていた間に、緊張がほぐれて落ち着いた。夢のような時間を過ごしているのだから、あれこれ考え込むより、楽しむ方がずっといいと思う余裕が出てきた。

間近で見るアレンは、遠目よりもなお一層端整だった。

馬車より馬上の旅を好むせいか、日に焼けてはいるけれど、アレンの素肌はなめらかだ。もし屋内にこもって陽光に当たらなければ、青白い肌で気難しい顔つきをした、学究的な雰囲気になるのかもしれない。ダークブルーの瞳は、夜明け前の空を思わせて、見れば見るほど心惹《こころひ》かれる。しいて欠点を挙げるとすれば、薄い唇が冷たい印象を与えることか。だがこの唇の片端を引き上げて、アレンがにやっと笑うと、意地悪っぽくて、けれどニヒルな魅力があって、胸が痛くなるほど格好いい。

(嘘みたい。今、皇帝陛下とダンスしてるんだわ、私)

今日の昼間には想像もしなかった事態だ。身分違いの恋にじたばたしている自分を、神が哀れんでくれたのだろうか。

この時間が永遠に続いてくれたら——と、夢みる乙女《おとめ》の心で思った時、アレンが言った。

「ところで、一つ訊《き》きたい」

「は、はいっ?」

「お前が夕刻に叫んでいた『皇帝陛下の馬鹿、なぜ皇帝なの、ただの近衛兵ならよかったのに』とは、どういう意味だ?」

「……っ!!」

「他には確か、『馬鹿馬鹿、だけど自分が一番馬鹿』だったかな」

ミルシャは陸《おか》に上がった魚のように、ただ口をぱくぱく動かした。今アレンが言った台詞《せりふ》には、明らかに覚えがある。

(……聞かれちゃったの、あれを?)

実は、泉で恥をさらして城へ逃げ帰ったあと、自室のベッドでしばらく泣いた。だがいつまでも泣いてはいられないので、舞踏会に出る前に胸のわだかまりを消そうと、窓を開けて大声で胸の裡《うち》を叫んだのだ。しかしあの時、部屋には自分一人だったし、窓の下はちゃんと確認したけれど、庭に人はいなかった。なぜアレンが知っているのだろう。

ミルシャの表情で、心中を察したらしく、アレンがにやりと笑う。

「お前の部屋は城の四階だろう。上には何がある？」

「ああっ！」

言われて気がついた。城の最上階となる五階には、賓客を泊める部屋がある。窓の下に人がいないことは確認したけれど、上は気にも留めなかった。

(やだ、全部聞かれてた……!!)

アレンの言葉は止まらない。

「『皇帝の馬鹿』はまだ意味がわかる」

「ご、ごめんなさい！　違うんです、馬鹿なのは私で……!!」

「それはいいと言っているだろう。為政者として、その手の陰口はしょっちゅう耳にする。陰で『あいつが皇帝でなければいいのに』とか『やめちまえ』と罵《ののし》る奴もいる。しかし『近衛兵ならよかったのに』と言った者は初めてだし、俺を貶《おとし》めようという口調でもなかった。どういう意味で言った？」

アレンの瞳に魅《み》せられていたけれど、青さが深い分だけ、真剣に見据えられると怖い。逆らう気力がしおしおと消え失《う》せる。ミルシャは口を開いた。

「最初に陛下がこの国へ来られた時には、皇帝陛下だと思わなかったんです。馬車じゃなくて、馬に乗っていらしたから、てっきりつき添う近衛兵か、側近の武官だろうと思って」

「それで？　なぜ俺が『近衛兵ならよかった』になる？」

「そのぐらいの方なら、私と身分が釣り合いそうで、可能性があるかもって……」

「なんの可能性だ」

ものすごく言いづらい。恥ずかしい。けれどごまかす言葉も思いつかない。耳まで熱くほてるのを自覚しつつ、ミルシャは白状した。

「お嫁入りできるかもって、一瞬だけ期待したんです」

「よくわからないな。お前は王族だ。本来、他国の王族が結婚の対象だろう。平《ひら》貴族では相手になるまい」

「いいえ、オーグルみたいな小さな国と帝国じゃ、格が違います。だから皇帝陛下の妻になんてなれません。私、あの時初めて会った、栗毛馬に乗って、私の方を見てくすっと笑った方を、貴族の誰かだと勘違いして、その方のところへ、お嫁に行きたいって思ったんです。一目見た時から、なんて素敵な人って……ごめんなさい、身の程知らずで！　でも皇帝陛下だって、知らなかったんですもの」

「そういうわけか。皇帝の俺に近づき、権力のおこぼれにあずかろうとする者は数え切れないが、皇帝でなければよかったとわめいた奴は初めてだった。だから不思議に思ったんだ」

面白がられても、返事に困る。

声に笑いが混じっているから、アレンは怒ってはいないのだろう。しかし、すべてを白状させられたミルシャとしては、いたたまれない。ダンスを続けながらも、目を合わせられずうつむいたまま、ミルシャは早く音楽が終わることだけを願った。曲が途切れれば、アレンから離れられるからだ。

しかしアレンの追及は終わらない。

「俺のことが好きなのか、ミルシャ？」

そんな真正面からの質問は勘弁してほしい。恥ずかしくて返事ができない。けれどもミルシャを支えてくるくるとフロアを回りながら、アレンは質問を繰り返す。

「俺が好きか？」

答えるまで許してもらえないらしい。かすれた声でミルシャは呟いた。

「好き、です」

「そうか」

楽しげな声と同時に、引き寄せられた。大きな手が自分の頭を押さえる。

「……っ!?」

何が起こったのか、一瞬わからなかった。唇に何か、押しつけられている。楽団の演奏が乱れ、人々が驚きの声をあげた。

(わ、私……キス、されてる、の……？)

憧れて、一目で恋した皇帝アレンに、口づけをされている——これは現実だろうか。夢を見ているのではないのか。拒むことなど思いもよらず、ミルシャは魂が抜けたように突っ立って、アレンに身を委ねていた。

アレンの顔が至近距離にある。息がかかる。

(睫毛も眉も金色なのね、アレン様……睫毛のカーブが綺麗)

アレンの舌が自分の唇を探り、隙間から強引に侵入してくる。舌がからんだ。強く吸ったあと、すっと離れて、口蓋《こうがい》を舐《な》めた。むずむずするような、くすぐったいような、初めて味わう感触に、ミルシャの体がわななく。

今まで経験したキスは挨拶の意味しかなく、唇を重ねるだけのものだった。こんなに深く激しい口づけは初めてだ。濡《ぬ》れた舌の感触と熱が、体をほてらせる。

激しい胸の鼓動は、自分のものか、それともアレンの鼓動が伝わってくるのか。

「ん、ん……っ、ふ……」

こぼれた喘ぎは、自分のものとは思えないほどに甘かった。

顔が離れた。アレンが苦笑を浮かべる。

「お前、ずっとそうやって、丸く目を見開いていたわけではないだろうな？　今度から、キスの時は目をつぶれ」

「えっ？　あ、あの……」

どう返事をしていいかわからない。

（今度からって何、またキスするの？　っていうか、私、ほんとに陛下にキスされたの？　こんな、舞踏会の場で、みんなが見ている前で？）

ようやく事態を呑み込んで、ミルシャは周囲を見回した。

振り向くと、父も母もあんぐりと口を開けたまま固まり、妹たちは目を輝かせたり、真っ赤な頬を両手で押さえたりしている。楽団は演奏の手を止め、他に踊っていた者たちは、ダンスを中断して遠巻きにミルシャとアレンを見ていた。

どうやら本当に自分は、人前でキスをされたようだ。耳から顔まで、燃え上がるかと思うほど熱くほてった。

「こ、こ、皇帝陛下……っ！」

からかうにしてもひどすぎる。しかしミルシャが抗議する前に、アレンは片手をつかまえ、すっと片膝《かたひざ》をつき、よく通る声で言った。

「ミルシャ王女。ブレッセン帝国皇帝、アレン・イグリースは、お前に結婚を申し込む」

人々のざわめきは、どよめきとなって大広間を揺るがした。

帝国側の人々が「陛下、何を」とか「おやめください」と叫ぶのが聞こえた。老侍従長はうなだれて額を押さえている。しかしアレンは騒ぎを気にしない様子だ。

「返事は？」

「あ、あの……今なんておっしゃいました？　わ、私、耳がおかしくなったみたいです」

聞き間違いか、夢か。ミルシャはうわずった声で問いかけた。

「この俺に二度も言わせようとは、贅沢な奴だな。結婚を申し込むと言ったんだ。昼間の騒ぎからそのつもりだったが、さっきの台詞の理由を聞いて、ますます気に入った。……いつまでもひざまずかせていないで、さっさと返事をしろ」

噛み砕くように言われて、ようやく言葉の意味が頭にしみ込んできた。

「え……えぇえぇえぇぇーっ!?」

仰天してのけぞった。こんなことが、ありえるだろうか。まだ信じられない。だがアレンはせっかちな性格なのか、のんびりと返事を待ってはくれなかった。

「早く答えろ。俺との結婚はいやなのか、それとも妻になるのか。どうなんだ」

「な、なります、結婚します！　陛下のお心のままに……!!」

「いい子だ」

焦って叫んだミルシャに向かい、アレンがやわらかく微笑《ほほえ》んだ。さっきまでの威圧的な口ぶりと、端整な笑みのギャップがミルシャの心を直撃した。素敵すぎて眩暈がする。

「今まで縁談は多かったが、俺の方から、妻にしたいと強く思った娘は初めてだ」

「そ、そんな……」

「お前の父に諮《はか》ったところ、国の格が違いすぎると拒まれたがな。諦めきれなかったので、人前で求婚するという手に出させてもらった。これだけやれば『なかったこと』にはできないだろう。……お前は素直で愛らしく、退屈しない。受け入れてくれて嬉しく思う」

「こ、こ、皇帝陛下……っ」

「アレンでいい。名で呼ぶことを許す。とりあえず、これを婚約指輪としよう」

アレンが自分の中指から、聖句を刻印した指輪を外してミルシャの左手薬指にはめる。サイズが合わず、ぶかぶかだ。抜け落ちないよう手を握ったら、硬い金属の感触が、実感としてしみてくる。

アレンが立ち上がり、ミルシャの肩に手を置いて人々を見渡した。

「聞いたか。皇帝アレン・イグリースはオーグル王国のミルシャ王女に求婚し、王女は受け入れた。婚約は成立した、ここにいる全員が証人だ！」

――そのあとは、嵐《あらし》が吹き荒れるような大騒ぎだった。妹たちがミルシャに飛びついてきて祝福してくれたし、母はその後ろで、嫁入り支度をどうしようとうろたえていた。父はおろおろと「無茶だと申し上げたのに」と呻いていた。

アレン以外、誰にとっても青天の霹靂《へきれき》だった。皇帝に随行してきた側近は、『国の格が違いすぎる』と、こぞって反対した。けれどアレンは意に介さない。

「ミルシャ姫は俺の命の恩人だ。それ以上に、愛《いと》おしい、妻にしたいと思った。だからプロポーズしたし、ミルシャ姫は受け入れた。確定事項だ、ぐずぐず言うな。帰国の際にミルシャを帝国へ連れ帰り、帝都へ着いたその日に結婚式を挙げる！」

凜とした力強い声が、反対意見を押しつぶした。

舞踏会が大騒ぎで幕を閉じ、自室で一人になってからも、ミルシャの興奮はなかなか冷めなかった。

「ピム、信じられる？　私、皇帝陛下の……アレン様のところへお嫁入りするのよ」

ミルシャは子猿をケージから出して膝に乗せ、話しかけた。毛皮を撫でると気持ちが落ち着く。しかしあいにく子猿はおとなしく話を聞いてはくれず、ミルシャの膝から肩、頭へと動き回り、婚約の印に与えられた指輪を珍しそうにいじった。

「あ、それは大事な物だから、触っちゃだめよ。ピムも一緒に来てね？　アレン様は、私が子猿を飼ってることを面白がっていらして、連れていってもいいって、言ってくださっ……きゃっ、痛い！　ピム!?」

いたずらな子猿は、指輪を奪ってミルシャの腕から飛び出した。悪いことに、夜風を入れようと窓を細く開けてあった。ピムはその隙間を見逃さず、するりと外へ出てしまった。

「ピム、だめ！　待ちなさい！」

ミルシャはベッドから飛び降り、窓を大きく開けて子猿を捜した。指輪を持ったまま、窓のそばの大木に登り、上の枝へと逃げていくのが見えた。

「ああ、もうっ。いたずらっ子なんだから！」

ミルシャは寝衣の裾《すそ》をたくし上げ、窓から枝へと身を移した。部屋に戻さないと、母にばれたら叱《しか》られる。脱走癖のある猿を帝国へ連れていくのは許さないと言われそうだ。それ以前に、嫁入りの決まった王女が木に登っていること自体、激しく怒られるだろう。

誰にも気づかれないうち、近づいてつかまえるしかない。

月明かりを頼りに枝から枝へと移り、ポケットからナッツを出して見せびらかし、近づいてきた子猿をつかまえて胸に抱きしめるまで、小半刻はかかっただろうか。

「ほんとにもう……お馬鹿」

太い枝に座って姿勢を安定させ、二度と逃げられないよう、ミルシャは紐《ひも》でピムの首輪と自分の手首をつないだ。

その時すぐ近くから、面白がるようなアレンの声が聞こえた。

「……お前はミルシャが気に入らないのか？」

ミルシャは周囲を見回した。ピムを追っている間に、一つ上の階の、アレンが泊まっている部屋のそばまで移動してしまったらしい。盗み聞きをしてはいけないと思うものの、自分の話をしているとなると、気になって動けない。侍従長の声が聞こえる。

「国と国の釣り合いという点が、どうも……ただ、ミルシャ姫は健康そのものですし、母親似であれば大勢の子に恵まれましょう。その点は非常に好ましいかと」

「主君の許婚《いいなずけ》を牛か馬のように品評するな、爺《じい》。もちろん、健《すこ》やかなところも気に入っているがな。ミルシャは心が健やかだ。一緒にいて安らぐ。今まで俺の前に現れた女は、皆、気取って、取り繕って……羽根扇で口元を覆って作り笑いしているような奴ばかりだった。ミルシャのように大声で俺を馬鹿と言ったり、コルセットなしの普段着で現れて毒蛇を退治したりはしない。あんな娘は初めてだ」

ミルシャはますます身動きできなくなった。夜風で体が冷えてきたはずだったのに、アレンの口から改めて言われると、羞恥《しゅうち》に体がかっかとほてり、全身から汗が噴き出す。夢中だったとはいえ、よくあんな真似ができたものだ。

だがアレンは悪い印象を持ってはいないらしい。声音が優しい。

「次に何をするか見当がつかなくて目が離せないのに、猜疑心《さいぎしん》を抱く必要がなくて、妙に楽しい。裏表がないんだ。だから結婚を申し込んだ。……妻ぐらいとは、嘘偽りのない関係でないと、気が休まらないからな」

最後の一言だけ、なぜか急に翳《かげ》りのにじむ口調になった。釣られるように、侍従長の声も重苦しくなる。

「陛下……ミルシャ姫に、あのお方のことはお教えするのですか」

「言うものか。皇宮内でも、お前などごくわずかな者しか存在を知らないというのに」

ミルシャの心が波立った。

（あのお方？　誰？）

真っ先にミルシャの頭に浮かんだのは、愛妾《あいしょう》だ。若く健康な皇帝に、愛妾の一人や二人いてもおかしくはない。もしかしたら庶子も生まれているかもしれない。

（相手の女性の身分が低すぎて、公にできないとか？　ううん、それはおかしいわ。たとえ平民でも、王や皇帝が愛妾にした場合は、それなりの地位を与えて公的な存在にするはずだもの。まして帝国の皇帝よ。誰を愛人にしようと、隠す必要なんてないわ）

侍従長が『あのお方』と呼ぶ口調は、重苦しさとともに敬意を孕《はら》んでいた。ああいう老人が敬意を持って接する相手なら、王侯貴族に違いない。誰だろう。

「ずっと隠しおおせるのならば、よろしいのですが」

「秘密を知っている者は少ない方がいい。ミルシャはまれにみる正直者だ。嬉しい、哀《かな》しい、困った、恥ずかしい、すべてがすぐ顔に出る。大声でわめいたり、拗《す》ねたり、真っ赤になったり……」

「おっしゃる通り、無邪気で素直なお方です。他の者にも改めて固く口止めしておきましょう。ただ、ミルシャ姫にあの方のことを隠すことはできても、逆は不可能です」

「当然だな。結婚式は国を挙げての一大行事だ。あいつに知れずにすむわけはない。だがこれだけ素早く決めたら、邪魔はされずにすむ」

「まさか、陛下……いくらなんでも、ご結婚の邪魔をするなどということは」

「お前は知らないだろうが、似たことはあった。何がなんでも結婚したいとまで思っていた相手ではなかったから、妨害されても放っておいただけだ。おかげでミルシャと会い、妻にできたのは、怪我の功名というべきかな。奴も、帝国を遠く離れたここまで邪魔をしに来ることはできない。……まったく。奴さえいなければどれほど気が楽か。どちらかが死ぬまで、この面倒は終わらないんだろうな」

「不吉な言葉を口にするのはおやめください」

アレンをなだめるように、侍従長が言う。

「明日は目が回るほど忙しくなります。今夜はゆっくりお休みください。何か温かいお飲み物をお持ちしましょう」

「そうだな。そうそう、帰りに寄る国のリストだが……」

声が遠ざかった。飲み物を口にするため、窓のそばから離れたのだろう。

(……今のうちに、部屋へ戻らなきゃ)

結局盗み聞きをしてしまった自分のはしたなさを悔いつつ、ミルシャは木の枝や幹を伝って自室へと戻った。ピムをケージに入れ、自分はベッドにもぐり込む。しかし目が冴《さ》えて眠れない。『奴』や『あのお方』と呼ばれているのは誰だろう。

(アレン様は『奴』が嫌いみたい……どういうこと？　身内の人かしら。でもご自分で、兄弟はいないっておっしゃったわ。お父様もそう言っていらしたし)

結婚が決まってから父が大急ぎで、嫁ぎ先の家族関係について教えてくれた。

アレンの両親は疫病で二人揃《そろ》って死亡したし、もともと一人っ子で同腹異腹を含めて兄弟姉妹はいない。近しい血縁者はただ一人、父方の叔父《おじ》のコーディエ大公だけだが、この大公が五十近い年齢になってもさしたる功もなく、影の薄い存在らしい。先代皇帝の時もアレンの代に変わっても、帝都から離れた場所に、わずかな領地を与えられ、実権のない名誉職に就いているという話だった。

その大公が『奴』だろうか。いや、アレンに叔父がいることは誰もが知っているから違う。存在自体が秘密になっている人物がいるらしい。だが自分から問いただすことはできない。アレンが妻に求めているのは安らぎなのだ。

(アレン様……)

堂々とした姿も、弱さをにじませた声も、どちらも好きだ。自分を妻として選んでくれたことに応《こた》えたい。

クッションをぎゅっと抱きしめて、ミルシャは目を閉じた。

2

「……ブレッセン帝国第十二代皇帝、アレン・イグリースと、オーグル王国第一王女、ミルシャ・レナ・ネスクロリアムの結婚に神の祝福があらんことを。ここに二つの魂は結ばれ、とこしえなる誓いを……」

大司教の『祝福の祈り』が、大広間に朗々と響き渡る。

隣に立つアレンを横目で見やり、やっぱり素敵だと恋心を増幅させつつ、ミルシャは幸福を噛みしめた。宝石と金糸銀糸で飾られた、ウェディングドレスの重みさえ、現実味を感じさせてくれて嬉しい。

帝都までの旅の間に、ミルシャはブレッセン帝国の情勢や慣習、風土文物について、みっちりと教え込まれた。東方文化の影響が濃いオーグル王国と、大陸中央部に位置するブレッセン帝国では、いろいろと慣習が違う。食事のマナーから宗教的な禁忌に至るまで、オーグルでは問題とされなかった行為が、帝国では『田舎者《いなかもの》』、『恥知らず』と、嘲笑《ちようしよう》され罵倒《ばとう》される対象になってしまう。

詰め込み教育でへろへろになって帝都に着いたあとは、薔薇《ばら》のエッセンスで香りをつけた湯で全身を洗い清め、選《よ》りすぐりのお針子たちが縫い上げたウェディングドレスに袖《そで》を通し、髪を結い、白絹のドレスに合わせた真珠のアクセサリーをいくつもいくつも身に飾った。

そして今、神の前で誓いの言葉を述べ、口づけをかわした。人前でのキスはちょっと恥ずかしかったけれど、アレンがごく軽く唇を当てただけで終わらせたから、プロポーズ直前、舞踏会の真っ最中にされた時よりは、ずっと気が楽だった。

「……神の祝福を受け、今ここに二人の結婚は成立しました。幸いあらんことを」

大司教が締めくくりの言葉を口にした。これで、列席者の前での結婚式は、つつがなく終了した。

「ミルシャ皇妃、万歳」

「皇帝陛下、万歳！」

「ご結婚おめでとうございます！」

歓呼の声の中を、アレンとミルシャは連れだって退席した。大広間の中央に敷かれた、真紅の絨毯《じゅうたん》は、毛足が長すぎて歩きにくい。

「あっ……」

ふらつきかけたミルシャを、アレンがすっと手を伸ばして支えてくれる。

「大丈夫か？」

「ご、ごめんなさい。ヒールが絨毯に埋もれて……」

「周囲を見回して、にっこり笑え。元気だとアピールしろ」

確かに、この結婚に反対な人々は、ミルシャの欠点を一生懸命探しているはずだ。『ふらついた＝きっと貧血＝体が弱い』などと、根も葉もない噂《うわさ》を立てられるのは困る。ミルシャは自分の足でしっかりと歩を進めつつ、大広間の左右に笑顔を向けた。

（……あら？　誰なの、あれ？）

二階の回廊は召使《めしつか》いが忙《せわ》しく行き交うため、列席者はいないはずだ。それなのに貴族の男性が一人いる。奇妙なことに、カーニバルのような仮面をつけて顔を隠していた。

すらりとした長身で、立ち姿の雰囲気からすると、まだ若そうだ。

（明日の舞踏会なら仮装もありだって聞いたけど……）

皇帝の結婚式で、そういうふざけた格好は許されないはずなのに、誰だろう。隣のアレンに小声で尋ねた。

「アレン様、あの人はどなたですか？」

「どの人だ？」

「二階の回廊にいるんです。召使いじゃなく貴族の格好で……あ、いなくなっちゃった」

再び見上げた時には、仮面の青年は消えていた。

「いなくなったのなら放っておけ。大広間全体がどうなっているか、上から見たくなったんだろう。結婚式はそうそうあるものではないからな」

ミルシャは納得した。青年が厳粛な場にもかかわらず仮面をつけていたことを言い忘れたけれど、大したことではあるまい。右に左に笑顔を振りまきつつ、大広間を出た。背後で扉が閉まった瞬間、緊張が解けて全身の力が抜ける。

（よかったぁ……失敗しなかったわ）

安堵《あんど》のあまり、深い溜息《ためいき》をこぼしたら、「ふわぁ」と声が出てしまった。隣のアレンが笑った。しまった、と思ったけれど、今さら取り消せない。

「す、すみません。つい……」

「今のうちに、体の力を抜いて緊張をほぐしておけ。まだこのあと儀式がいくつもある」

そう言ったあと、アレンが眉を曇らせ、低い声でつけ加えた。

「このあとの流れを知っているか？　特に、『婚姻の誓い』について、侍女たちか、あるいは国を発《た》つ前にでも、母親や乳母《うば》から聞かされているかということだが……」

「母は『アレン様にお任せしておっしゃる通りにしなさい』と……何かあるんですか？」

妙に歯切れの悪い尋ね方をされ、ミルシャは首をかしげた。しかしアレンはそれ以上説明してはくれない。視線を逸《そ》らし、「いや、まあ……」と不明瞭《ふめいりよう》に呟いただけだ。

その時、侍従長が急ぎ足で歩み寄ってきた。

「陛下。そろそろ皇祖廟へ向かってください。『父祖への誓い』は、時間がかかります。その間、立会人の方々をお待たせすることになりますので、どうかお早く」

「わかっている」

苛立《いらだ》った口調で答え、アレンがマントをひるがえした。

アレンはこのあと皇宮の霊廟《れいびょう》へ向かい、先祖に妻を娶《めと》ったことを報告し、今後も帝国を守り、子々孫々に引き継いでいくことを誓う儀式がある。ミルシャはその間、控え室で休憩するようにと指示されていた。自分だけ休むのが申し訳ない気がして、アレンに呼びかけた。

「お疲れでしょうけれど、がんばってくださいね、アレン様！」

言ったあとで、先祖に誓う儀式をがんばれと言うのはおかしかっただろうかと気がついた。しかし他のうまい言葉が思いつかない。アレンが振り返ってくれたので、ミルシャは両手で握り拳を作り、『がんばって』のポーズをしてみせた。

アレンが片手を軽く上げる。

「お前はゆっくり休んでおけ。あとの儀式は、多分……相当、こたえる」

そうは言うものの、内容を説明してはくれないままで、アレンは去っていった。その背中を見送るミルシャを、侍女たちが控え室へと案内した。

「素敵なお式でしたわ、皇妃様」

「ドレスが重くてお疲れでしょう。次の『婚姻の誓い』は、もっと楽な衣装でしてよ」

「さ、お召し替えを」

侍女たちが寄ってたかって、ミルシャのウェディングドレスを脱がせ、コルセットを外す。

「はぁああ……楽……」

「ミルシャ様、はしたのうございます」

「ごめんなさい。ずっとコルセットで締めてたから、苦しくて……ドレスも頭も重いし」

「わかりますけれど、言葉も態度もミルシャ様は正直すぎます。皇妃様となったのですから、人前でそんなふうに本心をあらわになさってはいけません」

「ありがとう、気をつけます」

ミルシャがあまりにも無防備で物知らずだから、放っておけないという気持ちになるのだろうか。世話役につけられた侍女たちは皆、親切だ。

結い上げて髪飾りで飾っていた髪は、ほどかれて櫛を入れられ、さらりと背に流された。緊張で汗に濡れた体を、湯に浸《ひた》して絞った布で拭《ふ》く。脇《わき》や胸元はいうに及ばず、足指の間まで丹念に拭《ぬぐ》われた。花の香りをつけた水で口をゆすいだあと、身にまとったのは、薄い白絹のシンプルなドレスだ。下着はサイドが紐になったショーツだけで、絹の靴下は身につけず、素足に華奢《きやしや》なサンダルをはく。

「お支度はこれで調《ととの》いましたわ。……あとは、お呼びがあるまでここでお待ちください」

「何も心配なさることはございませんのよ。立会人がいるかどうかの違いこそあれ、『婚姻の誓い』は、世界中の女がしていることなのですから。どうぞ気を楽になさってください」

「お一人になったあとは、扉の掛け金をかけておいてくださいましね。万一のことがあっては大変です」

侍女たちが控え室を出ていき、ミルシャだけが残された。

(どのくらい待てばいいのかしら)

何もない部屋に一人でいると、退屈だ。髪飾りやドレスの重みに耐え、結婚式で気を張っていた疲れが出てきて、眠くなってくる。念のために部屋の中を見回し、本当に一人きりだと確認してから、長椅子《ながいす》に寝転がった。

「ふわぁああ……んもう、疲れたぁあ……!!」

仰向《あおむ》けになって、大きく伸びをした時だ。控えめなノックの音が聞こえてきた。

「ミルシャ、いるか?」

「……っ!」

アレンの声だ。さっきの不作法な大あくびを、聞かれなかっただろうか。慌ててミルシャは起き上がり、扉に駆け寄って、掛け金を外した。細く扉を開けると、アレンが一人きりで立っていた。

「どうなさったの、アレン様? 今は『父祖への誓い』の最中じゃ……」

「そのことは気にするな。それよりミルシャ、一人きりか? 侍女はいないな?」

「は、はい」

アレンがするりと室内に体をすべり込ませ、後ろ手に扉を閉める。その手元で聞こえた金属音は、掛け金を下ろす音だろうか。

「大事な用がある。立ち話では無理だ。……向こうへ」

「は……は、はい」

自分の姿に気づいて、ミルシャの返事が上の空になった。『婚姻の誓い』のしきたりで、薄いドレスの下には絹のショーツ一枚しか身につけていない。胸が透けているのではないだろうか。

(は、恥ずかしい……っ)

腕を上げて胸元を隠した。動揺に気づいているのかどうか、アレンはミルシャの肩を押して長椅子へと導き、座らせた。

「支度はすっかり調ったようだな、ミルシャ」

「はい。あの……ご用ってなんですか？」

「婚姻の誓いのことだ。……どういうことをするのか、知っているか？」

妙だ。ついさっき、大広間の外で別れた時に尋ねられ、答えたことだ。なぜまた同じことを訊くのだろう。

「いいえ、はっきりした内容は知りません。母は、何があってもすべてアレン様にお任せするようにって……あの、さっきも私、そう申し上げましたよね？」

「ああ、そうだったな。大事なことなので、確かめておきたかった。……ミルシャ」

「きゃっ!?」

肩をつかまれ、長椅子に押し倒された。アレンが自分の上にのしかかっている。

「婚姻の誓いは綺麗事ではないんだ。……他人の前で見世物のように、お前の体を開きたくない。だから、今」

「えっ、あ、あの、何を……きゃ!?」

アレンの手が、ドレスの胸元を留めた紐をするりとほどいて、勢いよく前を開く。さっき、布地越しに透けるのを気にして、腕で隠した胸のふくらみが、今度はむき出しにされた。

「だ、だめですっ！　見ないで……!!」

腕で胸元を隠した。けれどもアレンに手首をつかまれる。

「隠すな。俺にお前のすべてを見せて、すべてを預けろ。それが妻になるということだ」

「あ……で、でも……」

「本来は、立会人が見ている前で服を剝ぎ取り、お前の体を開かせて、つながらねばならないんだ。二人の結婚が偽りではなく、国と国の結びつきが成立したことを証明するために」

「え……そ、それって、もしかして……えぇぇっ!?」

「しっ。声が大きい」

アレンの言葉を反芻《はんすう》し、ようやく意味がわかって叫びかけたら、掌《てのひら》で口を塞《ふさ》がれた。しかし到底平静ではいられない。

　立会人の見ている前で服を脱いで裸身を晒《さら》すなど、予想していなかった。結婚式の前に顔合わせと挨拶だけはしたけれど、立会人はブレッセン帝国の大貴族や、先ほど結婚式で祈りを捧げた大司教、アレンの叔父の大公など、全員が男性だった。しかもアレンの口ぶりだと、服を脱ぐだけではなく、もっと深刻なことが待ち構えていそうだ。夫になるアレンの前で、薄絹一枚まとったきりの姿でいることさえ恥ずかしいのに、初対面の男たちの前で裸身になるなど、とても耐えられない。

「んっ、んんっ！　ぅう、んーっ……‼」

　いやです、そんなこと絶対にいや──塞がれた口でそう叫び、身をよじった。だがアレンは解放してくれない。

「いやか。そうだろうな、そうに決まっている。男の俺でさえ、他人の前で交わるなど耐えがたい屈辱だ。……だからこそ忍んできたんだ、ミルシャ」

　真剣な口調に、アレンには何か考えがあるらしいと気づき、ミルシャはもがくのをやめた。それが伝わったらしく、口を塞いでいた手が外れる。深い青の瞳が、ミルシャの眼をまっすぐに見つめてくる。

「一国の皇帝として、婚姻の誓いを放り出すわけにはいかない。王女に生まれたお前にも、責任の重さはわかるはずだ」

「それは……でも」

「わかっている。女のお前にはつらすぎることだろう。俺としても、愛おしいお前の肌を初めてあらわにするのが、部外者の前など耐えられない。物見高い立会人の視線でお前を汚したくない。だから、禁を破ってここへ来た。最初に愛し合う時だけは、二人きりでと思ったんだ。……愛している、ミルシャ」

ミルシャの心臓が大きく跳ねる。

妻になる自分の心を気遣い、アレンは禁を破ってまで、自分のもとへ忍んできてくれた。こんなにも優しい人に愛されている幸福感が、胸に満ちた。

「今から始まることこそ、本当の婚姻の誓いだ。いいな、ミルシャ？」

「は、はい」

「いい子だ。……力を抜いて」

アレンがミルシャの手をとらえ、胸元から外す。賛嘆するような呟きが聞こえた。

「初々《ういうい》しいな。淡くて綺麗な色だ」

「や……」

見られること以上に、言葉で評されるのが恥ずかしくて、ミルシャは固く目を閉じ、横を向いた。相手がアレンでなければ、とても耐えられない。

手が左胸のふくらみに触れてきた。横からすくい上げるような手つきで、ミルシャの乳房をとらえ、包み込む。やわやわと、揉《も》みたてる。

「あ……っ」

「ちょうど掌にすっぽり収まって、心地《ここち》よい大きさだ。弾力もいい」

「やっ、やだっ……そんなこと、言わないでください……」

「なぜだ？　褒めている」

言いながらアレンは胸のふくらみを優しく弄《もてあそ》ぶ。全体を掌で包み込んだり、頂点の蕾《つぼみ》をつまんでこねたり――ミルシャの息遣いが荒く速くなる。目を閉じていて、次にどこをどう触られるのか予測がつかないことが、体を鋭敏にしていた。

「感じやすい、いい体だ。少しいじっただけで乳首がこんなに硬くなって……ほら、こりこりになっているのが自分でもわかるだろう？」

「いや、そんなこと、おっしゃらないでっ……ひぁっ!?」

まだ触れられていなかった右胸に、温かく濡れたものが当たった。驚いて目を開けると、アレンが自分の胸に顔を伏せ、胸の蕾をくわえている。舌先で転がし、軽く歯を立ててきた。蕾から胸全体に、甘いしびれのような感覚が広がった。

「だめっ、だめです、アレン様ぁ……っ！」

「いやか？　違うだろう、気持ちいいんじゃないのか？」

「で、でもっ……こんな、恥ずかしい……」

「ここには俺とお前だけだ。立会人の前では、こんな真似はできないし、したくない。感じるお前を、他の男に見せたくないんだ」

そんな独占欲がむき出しになった言葉を投げられたら、顔だけでなく首筋までほてって、返事ができなくなる。

「だからミルシャ、今はじっくり感じて、気持ちよくなっておけ」

アレンは再び胸に顔を伏せ、乳首を口に含んで弄び始めた。甘噛みしたり、舌先で転がすだけでなく、ちゅっと淫《みだ》らな音をたてて吸ったりもする。右手は、胸のふくらみを包むようにとらえ、優しく揉むかと思えば、頂点の突起を強くつまんで、ミルシャをのけぞらせたりもする。

「あぅっ！」

「痛かったか？　すまない。……これはどうだ？」

「やっ……あはぁ、ん……っ」

吐息と一緒にこぼれる声が、我ながら甘ったるくて、居たたまれない。けれどアレンに、胸の蕾をいじられ、舐めしゃぶられると、勝手に喘ぎが漏れてしまう。甘く体をほてらせ、脳までもしびれさせるようなこの感覚を、快感と呼ぶのだろうか。

「はぅっ、う……ぁ、あんっ！　やだ、アレン様っ、あ、あまりいじめないで……!!」

「いじめてなどいないだろう、気持ちよくしているんだ。それとも、胸だけでは物足りなくなってきたか？」

胸を弄びつつ、アレンは胸元を大きくはだけたミルシャのドレスをずらし、袖から腕を抜き出す。ミルシャが気づいた時には、ドレスはウエストにまでずらされていた。アレンがミルシャの腰に手を回して、軽く体を持ち上げる。

「あっ……」

制止する間もない。一気に腿《もも》までドレスを下ろされた。そのあとは脚を曲げられ、脱がされる。ミルシャの体を覆うのは、薄いシルクのショーツ一枚切りになった。胸に引き続き、普段はコルセットで締めつけて修正しているウエストラインが、男の視線に晒される。アレンがまだ、上着もズボンも身につけたままだから、裸体に近い自分の姿が、一層恥ずかしく感じられた。

(何も食べてないから、おなかはぺったんこのはずだけど、でもコルセットで締めてる時ほどウエストは細く見えないわよね。アレン様、がっかりしないかしら……)

不安で体がこわばる。けれどもアレンは「綺麗だ」と優しく囁《ささや》き、腿に手を這わせてきた。

つうっと内腿を撫でられ、背筋がそりかえる。

「ひはっ!?　そ、そこっ、だめ、くすぐったいっ！」

「くすぐったいのは、感じやすい場所という証拠だ。ほら、いいだろう？」

「やぁっ、だめっ！　だめです、そんな……!!」

「そうか。脚がいやなら、ここにしよう」

「……きゃんっ！」

ショーツの上から下腹に触れられた。反射的に身を縮めて悲鳴をあげたら、アレンが「お前は子犬か」と笑う。けれども手を止めてはくれない。薄いシルク越しに、指の感触が伝わってくる。洗い清める時以外、自分では触れるのもためらわれる場所へ、アレンの指が近づいていく。

「……っ！」

クロッチの上を、すうっと撫でられた。指の腹で何度も上下にこすられる。

（やだっ……こんな場所……）

恥ずかしい場所に触れられていることも恥ずかしいが、そこから生まれる感覚に動揺する。熱くほてるような、甘くしびれるような、体の芯《しん》が潤むような——この感覚はなんなのか。

指は、ショーツの上から秘裂をなぞるだけでなく、肉の厚みを確かめるかのように両横からつまんだり、軽く揉んだり、また秘裂をなぞり上げて、上端をこねたりする。指の動きが変わるたび、ミルシャの腰はびくっと跳ねた。

「あ、ぁあっ！　やっ……何？　何、これぇ……？　はぁんっ……」

「ここを自分でいじったことはないのか？　触るのでなくても、何かにこすりつけて、気持ちよくなったりとか」

「し、知らないっ……知りませんっ！」

「普段はお転婆なくせに、うぶで可愛《かわい》い奴だな。濡れて下着が透けてきたぞ」

「えっ……」

「ここだ。蜜《みつ》があふれてきている。自分でもわかるだろう？」

ミルシャは引きつった。確かに自分の体の奥から、何かとろっとしたものがにじみ出すのを感じるのだ。だがいい年をしてお漏らしなど、恥ずかしすぎる。認められない。

身をよじって、アレンの下から逃れようともがきつつ、ミルシャは懸命に否定した。

「ち、違う……違います。赤ちゃんじゃないのに、そんな……」

「濡れることも知らないのか。これは教え甲斐《がい》がある」

笑いを含んだ声で言い、アレンはショーツのクロッチ部分を横にずらした。秘裂に指が直接触れた。

「ひぁ……っ！」

「気持ちよくなって、ここから蜜がにじみ出ることを、濡れると言うんだ。子供が漏らしたのとはわけが違う。……お前の体が、男を受け入れられるほど大人になっている証《あかし》だ」

小声で囁きながら、アレンは指先を秘裂に埋めてくる。一節だけを埋めては抜き、また埋めて、小さな円を描くように動かしたあと、さらに深く埋めた。

「い、痛いっ！」

「せっかくの初物を指で破るのは芸がないか。もっと濡らして、すべりをよくしておこう」

「くぅ、んっ！　あっ、ぁあ……やぁっ、だめぇ……」

蜜液に濡れた指が、秘裂上端の蕾に触れてくる。軽く叩いたり、こねたりされると、今まで味わったことのない感覚が、腰から背筋を駆け上がる。背筋がぞくぞくして、体がわななき、秘裂の奥は熱くほてって溶けそうだ。

「これは邪魔だな」

両サイドの紐をほどかれ、ショーツを脚の間から引き抜かれた。これでもう、ミルシャの肌を覆うものはなくなった。アレンの指が、蕾を離れて秘裂の奥を探る。ぬちゅぬちゅと淫らな音が鳴った。あまり深くは入ってこないけれど、今まで指を入れたりしたことのない場所なので、こんなふうに探られると怖い。怖いのに、

（やだ……いっぱい、出てきちゃう）

自分の中から、蜜がとろとろとあふれ出すのがわかる。それをアレンの指が、秘裂の周囲にまんべんなく塗り広げる。しかも合間に、敏感な蕾を叩いたり撫でたりするので、そのたびにミルシャの体はびくっと震えた。

秘裂からの快感が、背筋を伝わり、脳を熱く溶かす。息が荒く、速くなる。甘い喘ぎを止められない。

「はぁ、う……アレン様っ……か、体が、変ですっ……私、もぅ……!!」

「そろそろ、よさそうだな。時間もないことだし」

アレンが体を起こした。いつの間にズボンと下着をずらしたのか、下腹に肉色の棒がそそり立っているのが見え、ミルシャは慌てて視線を逸らした。

「見なくていいのか？　今からこれが、お前の中に入るんだ」

からかうように言われたけれど、「恥ずかしい……」と呟くのが精一杯だ。

「可愛いことを言う」

面白がるように笑い、アレンはミルシャの両膝に手をかけて左右に開いた。間に体を割り込ませ、脚を抱え込む。

「いやぁ……」

濡れた秘裂を男の視線に晒す恥ずかしさに耐えかね、ミルシャは両手で自分の顔を覆った。潤みきった場所に、熱いものが当たる。弾力を含んで、硬い。

ぐっ、と押してくる感触があった。圧迫感に息が詰まる。

「……きついな」

呻く口調で言い、アレンがミルシャの花弁に手を添え、左右に開いた。

普通なら固く閉じて、空気に触れることなどない場所が、奥まで広げられていると思うと、恥ずかしいし怖いし、居たたまれない。くっ、とミルシャの喉《のど》が小さな音をたてた。

「息を詰めると余計に痛くなるぞ。ゆっくり息を吐いて、体の力を抜いてみろ」

緊張しきっていることに気づいたのだろう、アレンが優しく囁いてきた。自分の状態を気にかけてくれているのだと実感して、安心し、ミルシャは言われた通りに息を吐いた。

その瞬間、あてがわれた灼熱《しゃくねつ》が圧倒的な力で、秘裂の奥へと押し入ってくる。

「……ぁ、あああぅ!! ん、ぅっ……」

あまりの痛さに叫んだら、素早く口を手で塞がれた。

「こっそり忍んできたと言っただろう? ばれたら大問題になる。……痛いだろうが、体の力を抜いて、我慢してくれ」

涙目でミルシャは頷いた。アレンが「いい子だ」と微笑し、再び腰を沈めてきた。

「は……ぅ、ううっ……く!」

秘裂を無理矢理に押し広げ、猛《たけ》り立った牡が侵入してくる。指とは比較にならない太さと熱さだ。粘膜が引きつって、裂けそうに痛む。いや、もしかしたらもうとっくに裂けているのかもしれない。

「い、痛い……痛いです」

「体に力を入れると痛みが増す。ゆっくり息を吐くんだ」

なだめる口調で言い、アレンがさらに深く腰を沈めてくる。ミルシャは言われた通りに体の力を抜いて、受け入れようとした。愛するアレンの妻になるには、この痛みに耐えねばならないのだ。

(あぁ……入ってきてる……)

体を合わせるとかつながるという表現の意味を、今までは漠然としか知らなかったけれど、今はっきりと実感した。いや、今の自分とアレンに一番ふさわしいのは、『一つになる』という言葉かもしれない。

我知らずミルシャは、アレンの背に腕を回し、しっかりとしがみついていた。やがて、アレンが深く息を吐いた。

「根元まで、入った。……これでお前は、俺のものだ」

違和感を覚え、ミルシャは自分を貫いている青年の顔を見上げた。

(アレン様……?)

自分が知っているアレンとは、口調も表情も微妙に違う。片方の口角を引き上げてにやっと笑う癖は、アレンにもあるのだけれど、

(こんな雰囲気だったかしら……?)

顔には歪んだ喜びがにじみ、声にはざまみろと言わんばかりの満足感が混じっている。アレンはこんな邪悪な笑い方をしただろうか。——自分の処女を奪ったこの青年は、本当に夫のアレンなのか。

「大丈夫か？　痛むのか」

「え……」

案じる声で問われて、ミルシャは我に返った。暗青色の瞳が、心配そうな光を浮かべて自分を見つめている。

「強引すぎたか？　すまない……無理なら、やめよう」

声も顔も、アレンだ。強引そうに見えて優しいところがあるのを、ミルシャはちゃんと知っている。さっき、妙に歪んだ邪悪な気配を感じたのは、気のせいに違いない。

「大丈夫です、アレン様。少し、きつかっただけ……」

「そうか。……動かすから、苦しかったら言え」

「え……ぁ、ああっ！」

自分を深々と貫いた牡《おす》が、ゆっくりと動き始める。

(違う人だなんて、疑ってごめんなさい。アレン様……愛してます)

後悔と反省と、限りない恋心を込めて、ミルシャは逞しい背中に回した手に力を込め、目を閉じた。

「あっ、ぁ……はぅ……ん……」

何度も言われたように、息を吐いて体の力を抜き、ミルシャは苦痛をやり過ごそうとした。体が裂けそうなほどの充溢感《じゅういつかん》は、相変わらず強いのだけれど、前戯で充分に濡れていたせいか、少しずつ痛みがやわらぐ。

さらにアレンが体を倒し、喉や頬にキスしてきた。軽く唇を触れさせるだけの時もあれば、

ねっとりと舌を這わせる時もある。

脚をとらえていた手は、腿や脇腹を撫でたり、胸を優しく揉んだりする。乳首をこねられると、思わず甘い声がこぼれ、足が宙を蹴《け》った。

「あ、はぁっ……ぅ……」

体の中心からの圧迫感と、皮膚表面を熱くほてらせる快感――相反する二つの感覚に苛《さいな》まれて、意識が渦を巻く。体のあちこちが炎を上げ、甘くとろけていく気がする。気づけば苦痛は消えて、ただ全身が熱い。

体を貫く牡の動きが、荒く激しくなる。自分の喘ぎに、もう一つ荒い息遣いが混じるのがわかった。アレンも興奮しているのだと気づき、ミルシャの胸が早鐘を打った。

愛されている実感がこみ上げてくる。嬉しい。

アレンの背に回していた手に力が入って、引《ひ》っ掻《か》いてしまったらしく、アレンが短く呻いて顔を歪めた。

「あっ……ご、ごめんなさい」

「構うな。多分、お前の味わった痛みの方が強い。……本気を出すぞ、しがみついていろ」

視線を合わせて、優しく微笑された。ミルシャは微笑み返し、今度は爪を立てないように気をつけて、アレンに抱きついた。

指先に、腫《は》れて盛り上がった線が触れた。さっき自分が爪を立てた部分が、みみず腫れになっているのに違いない。

(ごめんなさい、アレン様)

内心で謝り、慌てて手の位置をずらした。

予告通りに、突き上げてくる動きが勢いを増した。喘ぎ声と、野生の獣を思わせる荒い息遣いに混じって、濡れた粘膜のぶつかり合う淫らな音が、部屋の空気を震わせる。

ミルシャの顎《あご》ががくがくと揺れた。深く、浅く、時にはえぐるように突かれるたび、腰から全身へ、快感が波紋のように広がる。意識が熱く、たぎり立つ。

「あ、熱いっ……アレン様、アレン様ぁっ！　助けてっ……変に、なるぅ……!!」

つながっている腰が、溶けてしまいそうに熱い。突き上げに合わせて、勝手に腰がくねる。汗でぬらつく肌が密着し、こすれるのが、これほど官能的な快感をもたらすなど、今まで考えもしなかった。

喘ぐミルシャの口に、アレンの髪からしたたり落ちた汗が、偶然に入った。

舌に触れる塩の味を、おいしいと思った。他の相手なら、汗を味わうことなどありえないだろう。苦痛に耐えることができるのも、快感を覚えるのも、愛する夫が相手だからだ。

「ミルシャ……っ、そろそろ、行くぞ……っ」

呻くように囁き、アレンの突き上げが速くなった。熱く太い杭《くい》を打ち込むような勢いだ。

自分を蹂躙《じゅうりん》する牡が、びくびくと震えて大きくなる。

「あっ、ぁあっ、や……だめ、これ以上、だめぇ……!!」

もう自分でも何を言っているのかわからない。意識が甘くとろけ、沸騰していく。髪の先まで快感に浸され、突き上げられるたび、体が宙に浮き上がる気がする。

「くっ……出る……!!」

呻いたアレンが、ミルシャの体をがっしりと抱え込み、引き寄せる。

ずんっ、と腰に響くほどの勢いで、打ち込まれた。

大量の熱い液が注ぎ込まれるのを感じた瞬間——快感が、一気に脳まで駆け上がった。足が宙を蹴り、背中がそりかえる。

「ぁ……あああぁーっ!」

目の前が真っ白になった。全身が甘く溶ける。手足がぴくぴくと痙攣《けいれん》する。

「あぁ、あ……気持ち、いい……」

こぼれた声は、かすれていた。ずっと喘ぎ続けていたせいだろうか。

心地よい疲労に身を委ねて、このままアレンと寄り添って眠ってしまいたい。すがりついた腕を放したくない。

けれどもアレンは、ミルシャの手をそっと自分から外させて、上体を起こした。甘く幸せな霧《きり》に包まれた気分が心地よく、ミルシャは懇願した。

「やだ……行かないで……」

「俺もずっとこうしていたい。だがもうすぐ『婚姻の誓い』だ。自分の控え室に戻って、呼びに来るのを待っていなければならない。……そうだ、痕跡《こんせき》を隠さなければいけないな」

アレンはミルシャの膝を立てて開かせた。

「あ……っ」

喘ぎがこぼれたのは、指が中に入ってきたせいだ。

鉤形《かぎがた》に曲げて掻き出すような動きに、ミルシャは身悶《みもだ》えた。さっき絶頂に追い上げられたばかりで、感じやすくなっている体には刺激が強すぎる。

「やっ、ぁ、ああっ！　だめぇ……アレン、様ぁ……っ」

「じっとして。中に出した液をすべて掻き出しておかないと、立会人がいない時に、こうして交わったことがばれてしまう。……痛いか？」

「そこ……あぁっ！　そ、そんなふうに、乱暴だと……痛い、です」

「可哀想《かわいそう》に。だが『婚姻の誓い』では、痛いのを我慢するな。それから貫いた時に出血したと見えるよう、細工しておく。でないと立会人のいない場所で交わったことがばれてしまう。特に大司教はうるさいからな。順序を違《たが》えたら結婚は無効だなどと騒ぎかねない」

岩を削って作ったような大司教の顔が、ミルシャの脳裏をよぎる。あの頑固そうな老人なら、そのくらいのことは言うだろう。

精液を掻き出し、ミルシャの中に何かの細工をしてから、アレンは指を抜いた。白濁に汚れた指を、ソファの下に落ちていたミルシャのショーツを拾い上げ、拭う。

「これは捨ててしまえ。下着が濡れているのが見つかったら、怪しまれるもとだ」

「はい。……だけど、着替えが……」

「そのままでいい。移動の間はドレスを着たままだ、ばれはしない。寝所ではどうせ脱ぐのだから、前もって脱いで、用意していたことにすればいいだろう」

ドレスといっても今着ているのは、結婚式の時の正式な衣装ではない。ペチコートをつけない、寝衣といってもいいような、シンプルなデザインの薄絹だ。光の当たり具合で、透けてしまう。恥毛や尻《しり》の谷間が透けて、ショーツをはいていないことが他の人に知れたらと思うと、恥ずかしくてたまらない。

しかしアレンがそうしろと言うのだから、脱いだまま移動するしかなさそうだ。

「それからミルシャ。今のことは、決して口に出してはいけない。たとえ俺と二人きりの時でも、喋らないように」

「どうしてですか？」

「皇帝という立場にある者は、用心が必要なんだ。お前と二人きりのつもりでいても、壁に耳をつけたり、部屋の中の物陰に隠れて、盗み聞きを図る者がいるかもしれない。だから、さっきのことは、今だけ、二人だけの秘め事にしておこう」

二人だけという言葉が、ミルシャの心を甘くくすぐる。

アレンが去ったあと、ミルシャは体の汗を拭い、乱れた髪を直してドレスを身につけた。

ほどなくして迎えの侍女が現れ、ミルシャを『誓いの間』へと案内した。

薄暗い廊下を進み、何度も角を曲がり、たどり着いたのは、鋲《びょう》を打った頑丈そうな扉の前だ。扉を開けて、部屋の中へミルシャを入れたところで、侍女は下がった。

誓いの間の中には、五人の立会人が待っていた。大司教はさすがに宗教者らしく、自分を一瞥《いちべつ》しただけで目を逸らしたが、あとの人々は不躾《ぶしつけ》にミルシャの体を眺め回した。

「なかなか愛らしい姫ですな。手足が伸びやかで、見るからに健康そうだ」

「うむうむ。肌がなめらかでぴちぴちして、初々しい」

「腰が細くはござらんか？　もっと安産型でないと……帝国のため、世継ぎや姫を何人でも産んでもらわねば。胸も少々、物足りないような」

「なあに、それはこの先の、陛下のご丹精次第でしょう」

あまりにも下卑《げび》た会話だった。

（やだ……こんな人たちに、見られながらなの？）

今の自分の格好自体、恥ずかしくてたまらない。身につけているのは飾り気のない薄絹のドレス一枚、しかも今はショーツをはいていないのだ。居たたまれなくなり、片腕で胸元を、もう片方の手で下腹を覆ったが、すぐに立会人の声が飛んできた。

「ミルシャ皇妃、腕を下ろしなさい。立会人には、花嫁花婿が武器を隠し持っていないか確かめる義務がある」

「そ、そんなもの、持っていません」

「ならば手で隠すことはあるまい。あまり強情に隠すようであれば、しっかり調べるために服を脱がせねばならん」

「……っ……」

透ける薄いドレス一枚でも、ないよりはましだ。立会人の命令に従い、ミルシャは胸を隠していた腕を下ろした。視線が集中するのを感じる。

「武器を隠してはいないようですな。……おや。胸に二つ、小さな突起がある」

「色は初々しく薄いのに、生意気に、つんと布地を突き上げておりますぞ」

下品な笑い声が聞こえた。言う側はたんなる冗談のつもりなのだろうが、ミルシャの顔は燃え上がるように熱くなった。婚姻の誓いが始まってもいないのに、こんないやらしいことを言われるなど、あんまりだ。アレンが『初めての行為は、二人きりでしたい』と言い、実際にそうしてくれてよかったと思う。男たちの淫らな目に晒されながら体を開かれるなど、絶対にいやだ。

（早く来て、アレン様。助けて……）

立会人の前で契《ちぎ》るのは恥ずかしいけれど、アレンが一緒にいてくれたらきっと耐えられる。一人きりの状況よりは、きっとましだ。祈る思いで待っていた時、扉の外から、「皇帝陛下のおなりです」という声がかかった。

寝衣の上にローブを羽織ったアレンが、誓いの間へ入ってきた。

ほっとして駆け寄りたくなる。だがミルシャの足は動かなかった。

(アレン様……?)

さっき控え室に忍んできた時とは、別人のような険しい表情だった。怖くて身がすくむ。

自分たちがすでに契ったことを立会人に知られまいとして、わざと怒った顔をしているのだろうか。

「見届けをお願いする」

冷ややかな口調で立会人たちに言ったかと思うと、ローブを肩から落とし、大股《おおまた》にミルシャのそばへ歩いてきて、肩をつかんだ。力が強すぎて痛い。

「あ……アレン様っ……」

「おとなしくしていろ」

叱りつける口調で言われ、寝台に押し倒された。羽根布団の上だから痛くはないけれど、アレンの荒々しい勢いにミルシャは怯えた。

「ひっ……」

ドレスの裾に手を差し込まれる。裾が腿の半ばまでめくれ上がった。

(やだっ、見えちゃう！　ショーツをはいてないのに……!!)

反射的に手で裾を押さえ、自分にのしかかっているアレンを見上げて、懇願した。

「ま、待って、アレン様……っ」

「おとなしくしろと言っただろう！」

さらに厳しい口調で叱られ、ミルシャは大きく目を見開いて固まった。アレンが顔を伏せ、耳元に囁いてくる。

「時間をかけたくない。早く終わらせるから、力を抜いて脚を開け」

「……っ……」

控え室に来た時も、人前での行為がいやだと言っていた。さっきのアレンとはまるで違う乱暴な扱いにたじろいだけれど、淫らな視線に晒されたくないのは、自分も同じだ。行為を見られるのが避けられないことならば、早く終わらせた方がいい。

ミルシャは固く目を閉じた。スカートが大きくめくられるのがわかった。下腹の素肌に空気が触れる。

「……っ！」

アレンが息を呑む。立会人の誰かが、「これは大胆な」と嬉しそうに呟くのが聞こえた。ショーツを身につけていないせいだろう。

（いやだ、見られてる……!!）

アレン以外の男性に、自分の体を――内腿や、尻や、秘所を見られる。羞恥と嫌悪に耐えきれず、反射的にミルシャはアレンの手を払いのけ、膝を深く曲げて体を丸め、横向きになった。

「ミルシャ!?」

アレンが苛立った声をこぼす。立会人が面白そうに囁き合うのが聞こえた。

「ほう。これはまた初々しい反応ですな」

「あの格好では、かえって丸見えと気づかぬあたりが、可愛らしい」

「体を開かせるまで、時間がかかるかもしれませんぞ。皇帝のお手並みはいかに、というところでしょう」

くすくす笑いを、自分に当てた嘲笑と受け取ったのかもしれない。アレンが険しい口調で命じてきた。

「力を抜けと言っているだろう。元の姿勢に戻れ」

「……っ……」

本気で腹を立てていそうな声に、ミルシャは怯えた。ますます体がこわばる。仰向けに戻って脚を開かなければならないとわかっているのに、動けない。

アレンがミルシャの肩と腰をつかまえ、強く引いた。仰向けにしておいて脚に手をかけ、深く膝を曲げて左右に開く。さっきめくり上げられたドレスが、その勢いでさらに浮き上がり、臍《へそ》の上まであらわになる。

「きゃあっ!?」

腿や下腹に空気が当たる感触に、ミルシャは悲鳴をあげた。卑猥《ひわい》な視線が集中してくるのを、はっきりと感じる。

けれど隠す間はなかった。アレンが脚の間に体を割り込ませてくる。

控え室での交歓とは違って、キスの雨を降らせてくることもなければ、胸を愛撫してミルシャの体をほてらせたりもしない。左右の膝をつかんで大きく広げ、アレンは熱く猛り立ったものを秘裂にあてがってきた。

「う、く……っ」

ミルシャの口から呻き声が漏れた。さっき経験はしているのだけれど、熱さと硬さに、不安を煽《あお》られる。

アレンはなだめる言葉もかけず、そのまま強引に腰を沈めてきた。

「い……痛いっ！　アレン様、待って、痛い……あぁぁっ!!」

先端がめり込んだ。

さっき控え室で挿入された時も痛かったけれど、前もって指で充分にほぐされ、蜜液で濡れていたから、どうにか耐えられた。けれど今の痛みは違う。肉に無理矢理穴を開けられるかのようだ。早く終わらせるためとはいえ、こんなに性急に貫かれるのはつらい。

ミルシャはアレンの肩に手をかけ、訴えた。

に見えた。

「待ってください、お願い……!!」

「息を吐いて、体の力を抜け」

懇願を無視して、アレンはさらに腰を沈めてくる。緊張のせいか、顔は青ざめているよう
（いや……こんなの、いやよ……）

早く貫くことだけを目的にしたような、乱暴なやり方がつらい。

さらに立会人は「入りましたかな」、「いや、まだ先だけのようです」、「射精しないと『婚姻の誓い』が終わったことになりませんぞ」などと、好き勝手なことを喋っている。苦痛だけでなく、こんな恥辱を味わわねば、アレンの妻にはなれないのだろうか。

「う……くうぅっ！」

「歯を食いしばるな、息を吐くんだ」

叱りつけるように言われ、ミルシャは涙をこぼしながら、懸命に息を吐いた。

ずずっ……と、逞しい牡が、肉を無理矢理押し分けて、めり込んでくる感触があった。アレンの荒い息遣いが、鼓膜を打つ。自分の中が、牡の形に変えられていく。

それでも少し前、二人きりの逢瀬《おうせ》で蜜穴を広げられていたせいか、初体験の時よりはましな気がした。あの時は体が裂ける恐怖さえ覚えたけれど、今はそこまで苦しくはない。だが今のアレンの突き入れ方は、さっきに比べて乱暴すぎる。圧迫感が凄《すさ》まじい。

「あぁ、う……は、ぁ……っ」

ともすれば苦痛に筋肉がこわばるのを、息を吐いてどうにかゆるめた。

「よし……それで、いい」

「あ……くっ、ぅ……」

根元まで突き入れられた。内臓がひしゃげそうな圧迫感に、ミルシャは涙をこぼして喘いだ。首を伸ばして二人の様子を覗《のぞ》いていた立会人が、声を上げる。

「おぉ、出血が……」

「処女の証が確認されましたな。めでたい。あとは皇帝が一儀を終えられれば、婚姻成立ということで」

アレンにも立会人の会話は聞こえているのだろう。苛立ったように舌打ちしてから、ミルシャの腰に手をかけてしっかり支え、乱暴に突き上げ、揺さぶり立てる。

「ひっ、ぁ、あぁぁ！　痛いっ、やめて……あぅうっ!!」

悲鳴をあげて懇願したが、アレンの責めは荒々しいままだった。何度も何度も、根元まで突き入れてくる。

（やっ……何？　なんなの、これ……？）

自分の体内、牡を受け入れる蜜壺《みつつぼ》の一番奥に、硬い弾力を持った部分がある。そこを牡で押されると、圧迫感だけではなく、異様な感覚が背筋を駆け上がり、体がのけぞってしまう。

さっきは、こんな奥深くまで突かれた感覚はなかったのだけれど、今は、ごりごりと押され、こすられるのを強く感じるのだ。

「あっ、やぁっ！　変っ、こんなの変よぉ……!!」

ミルシャが悲鳴をあげて身悶えても、アレンの返事はない。息遣いを荒くして、ミルシャの体を揺さぶるばかりだ。

やがて自分の中で牡がびくびくと震えた。圧迫感が増したかと思うと、

「……っ!!」

アレンが、声にならない呻きをこぼして、ミルシャの中へ迸《ほとばし》らせた。さっきと同じくらいか、それ以上の量感と熱を持った液体が、自分の中へ注ぎ込まれる。

「終わった。確認を願う」

かすれた声とともに、アレンが体を起こした。じゅぷっ、と淫らな音をたてて、牡が抜けていった。力が抜けて動けないミルシャを顧みることなく、アレンは寝台から下りた。身繕いをしているようだ。

立会人たちが寄ってきて、ミルシャの大きく広げた脚の間を覗き込む。

「確かに、婚姻の誓いが成立いたしましたな」

「花嫁の純潔の証も、確認済みです」

「い、いやぁ……見ない、で……」

もっとも秘すべき場所を、それも交わった直後の状態を見られている。懸命に脚を閉じ、体を半転させたけれど、もう遅い。何もかも見られてしまった。立会人の声と視線が、ミルシャの心を深く傷つけた。

「二人の婚姻に、神の祝福があらんことを」

大司教の言葉が終わりの合図になった。立会人たちが寝所を出ていく。ミルシャはベッドに突っ伏したまま、しゃくり上げた。体は熱を帯び、下腹がずきずきと痛む。

すすり泣くミルシャの体に、ふわりと何かがかぶせられた。アレンが、ここへ来る時に羽織っていたローブをかけて、ミルシャの下半身を覆い隠してくれたのだ。さっきの乱暴な愛撫とは裏腹な優しい気遣いにとまどい、アレンを見上げた。

「つらかったか？　早く終わらせたくて、無理をしたからな。痛かっただろう」

「もういや……あんな人たちに、見られて……」

「俺もいやだった。だから早く終わらせたかったんだ。……よく我慢した」

そう言うとアレンは、ミルシャの頬にそっと触れ、指先で涙を拭ってくれた。

やはり優しい。さっきの行為が乱暴だったのは、立会人の視線を気にしたからだろう。そう思うと、心の傷がすみやかに癒《い》やされていく。

「アレン様……」

瞳を見つめて名を呼ぶと、アレンは少し笑い、身をかがめて口づけしてくれた。唇をついばみ、歯を軽く舐めるだけのキスだったけれど、さっきの人前で体を重ねた行為より、ずっと心が通じる気がした。

「侍女を呼ぶ。湯浴《ゆあ》みして、あとはゆっくり休め」

皇帝であるアレンには、このあともさまざまな儀式が控えている。一緒にいられないのは残念だけれど、いたわってもらえたのが嬉しい。

(いやなことは忘れよう……本当の『初めて』は、誰にも見られていない、二人きりで作った思い出だもの)

ミルシャは自分にそう言い聞かせた。


こうしてミルシャはアレン皇帝の妃となった。

結婚式の翌日は、新しく皇妃となったミルシャのお披露目のため、大規模な舞踏会が行われた。

教会から大司教が出向いてきた昨日の結婚式と違い、臣下へのお披露目という意味合いが強いので、雰囲気はずっと砕けている。道化がおどけた身振り手振りで笑いを誘い、大道芸人が妙技を見せたり、陽気な唄《うた》と踊りを披露したりする。

ミルシャとアレンは中央のダンススペースには出ず、奥の一段高い場所にしつらえられた玉座と、その隣の皇妃の席に座っていた。次から次へと祝辞を述べに来る臣下に答えなければならないので、踊っている暇などない。

「おめでとうございます。皇帝陛下はなかなかご結婚を決めようとなさらなかったので、臣下の者は皆、やきもきしておりましたのよ」

「この上は一日も早いお世継ぎの誕生が望まれますなあ」

「ミルシャ様は危険も顧みず、大人の背丈ほどもある毒蛇を退治して、皇帝陛下のお命を救ったとか。お二人の間にならば、きっと武勇に優れたお子が生まれることでしょう」

長さ一尺半だった毒蛇が、ずいぶん話を盛られて巨大になっている。

（皇宮の人たちからは、『貧乏小国の姫が皇帝をたぶらかして』みたいに、冷たくあしらわれると思ってたのに……みんなが意外と好意的なのって、そのせい？）

好意的を通り越し、満面の笑みで祝いを述べてくる者もいる。

「いやいや、めでたい、めでたい。実にめでたいことだ、ミルシャ姫。いやいや、昨日から皇妃になられたのでしたな」

「ど、どうも……ありがとうございます」

ミルシャは口ごもりつつ、礼を述べた。本当は目も合わせたくない相手だ。頭のてっぺんから抜けるような甲高い声は、忘れようにも忘れられない。

（昨日、ひどいことを言ってたのに……）

無下にできないのは、男がアレンの叔父、コーディエ大公だからだ。『婚姻の誓い』の立会人だった。昨日、ミルシャが透ける寝衣の上から、手で胸と下腹を隠していた時に、手を外すよう命じたのは、確かにこの甲高い声だった。

男性としては小柄だ。禿《は》げているが顔の色艶《いろつや》はよく、老けた三十代か若々しい六十代か、見当がつかない。昨日の一件でミルシャが傷ついたなどとは、思いもよらないのか、握手のために仕方なく差し伸べたミルシャの手を、両手でつかんで振り回す。

「皇帝が結婚して、あとは一日も早く、健やかな世継ぎが生まれてほしいところ。それで帝国は安泰です。本当にめでたい。めでたい、めでたい。遠い異国から嫁いできて、さぞや心細いことでしょう。わしはこれでも皇帝のただ一人の身内。皇妃もわしを身内と思い、頼りにしていただきたい」

大公がとめどなく祝辞を述べていた時、隣から声がかかった。

「これは大公。昨日に引き続き、今日も祝いに来てくれたか。感謝の言葉もない」

押しかぶせるように言ったのはもちろんアレンだった。甥《おい》から叔父に対してではなく、皇帝から大公への、身分の上下をはっきりさせた言葉遣いだ。アレンに向き直った大公が深々と一礼する。

「いやいやいやいや、臣下としては当然のことでございます。ことに皇帝陛下のご結婚は、先代陛下も大層気にかけておいでしたからな。叔父として、臣下の一人として心からお祝い申し上げます。皇帝陛下とミルシャ皇妃、実にお似合いの美男美女、幸福が約束された結婚とはまさにこのことかと……」

「感謝する。では舞踏会を楽しんでくれ、大公」

会話を打ち切るアレンに、またも長々しい挨拶を返してから、大公は下がっていった。

ミルシャはふうっと息を吐いて肩を落とした。昨日の立会人だと思うと、相手をするのが苦痛でたまらなかったのだ。アレンが止めてくれて助かった。

大公が下がったあとも、祝いに来る人々は途切れない。次にアレンの前に進み出てきたのは、丸顔に汗を浮かべた小太りの青年貴族だった。やたらに言葉を噛みながら、祝詞を口にしている。木訥《ぼくとつ》な青年に、アレンも笑顔で答えた。

「よく来てくれた、クローブ子爵。今日は奥方は一緒ではないのか？　ミルシャとは年が近いし、気が利いて頭の回転が速い婦人のようだし、奥方さえよければ皇妃の侍女になって親しくしてほしいと思ったのだが」

「私の？」

アレンの言葉に注意を引かれ、ミルシャは小太りの貴族に目を向けた。子爵が頬や額の汗を拭きつつ、嬉しそうな笑みを浮かべる。

「ありがたきお言葉です。ただ、妻がお祝いに伺えなかったのには理由がありまして、その、赤ん坊ができたと……」

「まあ、素敵！」

「それはめでたい。ミルシャの侍女になってもらえないのは残念だが、子爵には初めての子供だろう。いい子が生まれるよう願っている」

「ありがとうございます。自分は跡継ぎの男の子がほしいのですが、母は女の孫が見たいと申して譲りませんもので、妻が間で困っております。城中大騒ぎです」

「ははは……どちらでもいいではないか、無事に生まれて、健やかに育ってくれれば。なあ、ミルシャ？」

めでたい話題を振られて、ミルシャは笑顔で答えた。

「ええ、元気な子が一番だと思います。でもどちらも譲れないようなら、男の子と女の子の双子が生まれるといいんじゃありません？」

なんの底意もなく口にした言葉だったが――その瞬間、場の空気が凍った。ミルシャの声が届く範囲にいた全員が、世にも恐ろしい言葉を聞いたという顔で目をみはる。強い非難の空気が漂う。アレンでさえ、ひどくこわばった表情で口を引き結んでいた。

(え、何？　私、何か言っちゃいけないことを言ったの？)

うろたえたミルシャに、子爵は血相を変え、食ってかかった。

「おかしなことをおっしゃらないでください！　二人も一度に、しかも男女一緒に生むなど、牛や犬ではあるまいし……いくら皇妃とはいえ、侮辱にもほどがあります！」

「そ、そんな、侮辱だなんて」

なぜ怒られているのか、理由が呑み込めなかった。しかし自分の言葉が彼を怒らせ、周囲から顰蹙《ひんしゆく》を買ったことは間違いない。ミルシャは深く一礼した。

「ごめんなさい、そんなつもりはなかったんです。私の故郷では、子供の数が多いと幸福が増えるって言われているから、ついそのつもりで……」

「それにしても双子だなどと……不吉すぎます」

子爵はまだ不快そうに呟く。悪意がなかったことをどう説明すればいいかと困惑した時、人垣を透かして道化が見えた。仮面のせいで顔はわからないが、口元が笑っているように見えた。

（なんなの、私を笑ってるの？　もう、こっちは困ってるのに……ううん、本当に困っているのは、不吉なことを言われてしまった、この子爵よね）

自分の心情を説明するより、子爵の不快感を拭い去ることの方が大事だと気づき、ミルシャは目を見つめて一語一語丁寧に詫びた。

「本当に、申し訳ないことを言ったわ。ごめんなさい。腹が立ったでしょうけれど、道化の戯《ざ》れ言《ごと》と同じだと思って、聞き流してください。健康な赤ちゃんが無事に生まれてくるよう、願っています。赤ちゃんをおなかの中で育てるのは大変なことだから、どうか私の失言は伝えずに、奥方をいたわって差し上げてね」

元は小国の王女とはいえ、今は皇妃となったミルシャが、下級貴族を相手にこれほど丁寧かつ真摯《しんし》に詫びるとは思っていなかったのだろう。子爵の丸顔にまた汗が噴き出した。

「こ、皇妃様がそこまでおっしゃってくださろうとは……こちらこそ身分を顧みず、思い上がったことを申しました。どうかお許しを」

空気がゆるむ。アレンがミルシャと子爵を見比べ、仲裁するように口を挟んだ。

「許せ、子爵。ミルシャははるか東方の出身で、大陸中央の文化には詳しくない。夫妻の幸せを願って口にした言葉だ。気持ちだけ受け取って、咎《とが》めないでほしい」

「もちろんでございます、皇帝陛下。皇妃様も……いたわってくださるお心の深さに思い至らず、よしないことを申しました。お許しください」

子爵の声は感激に震えていた。

自分を非難する空気が消えたのを知り、ミルシャは安堵の溜息をついた。椅子に座り直してもう一度周囲を見回す。大広間の中央で、道化が浮かれた踊りを踊っている。さっき自分の方を見て笑っていると思ったのは、気のせいだったのだろうか。

（……あ、違うわ。さっき見た道化は、もっと背が高かった）

今、大広間の中央にいる道化二人は、背が低く痩《や》せた男と、中背で丸々太った男の二人だ。しかしさっき、失言をしてうろたえている自分を見て、笑っていた道化はすらりとした長身だったはずだ。けれども今、大広間を見渡しても長身の道化は見当たらない。

（見間違いだったのかしら？）

ふと、昨日の結婚式を回廊から見下ろしていた貴族を思い出した。彼も同じような長身の体つきで、顔を仮面で隠していたので、イメージがかぶる。

（まさかね。貴族と道化が同じ人のはずはないもの）

目の前には、別の貴族が祝詞を述べに進み出てきている。消えた道化から意識を外し、ミルシャは笑顔を浮かべて応対を続けた。


「……さっきは申し訳ありませんでした、アレン様。あんな騒ぎになるとは思っていなかったんです」

舞踏会が終わったあと、アレンはミルシャを寝所に呼び寄せた。新婚なのだから別に不思議はないし、ミルシャの方にも話したいことがある。小姓《こしょう》が出ていって二人きりになったあと、ベッドに腰を下ろしているアレンに向かい、ミルシャは詫びた。

アレンが自分の隣に座るよう手で示して、問いかけてくる。

「なんのことだ」

「あの、奥方が身ごもったと言っていた子爵のことです。オーグルでは、大勢生まれるほど幸せがたくさん来るって言われているので、つい」

「双子や三つ子は禁忌ではないのか？　さっきそんなことを言っていたな」

「ええ。双子でも三つ子でも、それは神様がいい母親だと見込んだからこそ、子供を授けるんだって言われています。私の弟と二番目の妹も双子です」

「そうなのか!?　気づかなかった……」

「あの二人はあまり似ていませんもの。でも私と上の妹、女二人が続いたあとで、弟が双子で生まれましたから、『世継ぎが双子で幸せが倍になる』って、国中お祭り騒ぎでした」

笑顔で言ったミルシャをじっと眺めて、アレンが呻いた。

「それは……俺以外の者がいる場所では、口に出さない方がいい」

理由はミルシャにも理解できる。双子に対して強い偏見と拒否感があるこの国では、弟妹に双子がいるというだけで、批判の対象になるだろう。自分が批判されるのは仕方ないけれど、自分を妻に選んだアレンまで責められては、申し訳なさすぎる。

「わかりました。帝国では双子は嫌がられてしまうんですものね。気をつけます」

「そうだ。帝国だけでなく大陸中央部では、双子は忌むべきものとされている」

「なぜこんなに違いがあるんでしょう」

「オーグル王国には東方から、砂漠を越えていろいろな風習が入ってくるからだろう。オーグルの首都にはマシュラム神教会以外に、東方の宗教の寺院がいくつも建てられていた。逆に、帝国では神教が国教として保護されているから、影響力が大きい」

「私、マシュラム神教の洗礼を受けていますし、神教徒のつもりなんですけど……教典に、双子はだめって書いてあったでしょうか」

「書かれてはいないと思うが、なんというか、一種の慣習だろうな。二人以上同時に産むのは動物のようだと言われて、侮蔑《ぶべつ》と忌避《きひ》の対象にされるんだ」

ミルシャはうなだれた。これでは子爵が怒ったのも無理はない。

(お母様に注意されてたのに、結婚式の次の日にもう、こんな失敗をするなんて)

自分はアレンに望まれて皇妃となった。だから自分の失敗はアレンに対して『あんな娘を妻にするなんて、なんと馬鹿なことを』という形で跳ね返る。だから注意の上にも注意を重ねて、ミスをしないようにしろと母に言われ、自分でもそう思っていた。なのに、やらかしてしまった。

アレンを盗み見たけれど、視線を宙にさまよわせていて、自分と目を合わせようとはしてくれない。せめて口を利いてほしいと請う気分で、ミルシャは詫びた。

「ごめんなさい。私の勉強不足で、アレン様にご迷惑をかけてしまうところでした。いい奥方になりたい、お役に立とうと決めていたのに。お怒りになるのも当然です」

「あ……勘違いするな、怒ってはいない。考え事をしていただけだ」

そう言うと、アレンはミルシャの瞳に目を向け、どこか寂しい笑みを浮かべた。

「オーグル王国へ行った時も思ったが、あの国は自由だな。決して豊かなわけではないのに、開放的で明るい。……俺もあの国に生まれたかった。そうしたら、もっと自由でいられただろうに」

「アレン様」

思いがけない言葉に、ミルシャは息を呑んだ。強大なブレッセン帝国を統《す》べる皇帝が、自分の立場に束縛を感じているのだろうか。

アレンの腕に手をかけ、訴えた。

「私……私がお役に立てるなら、なんでもおっしゃってください。アレン様の負担が減るように、お心が少しでも楽になるように、なんでもします。でもさっきみたいに失敗して、アレン様の足を引っ張ることになったらと思うと、怖いんです。お役に立ちたいのに……どうしたらいいのか、わからなくて……」

「それは……俺の味方でいるということか？　どんなことがあっても？　たとえば、俺が神に背くような罪を犯していて、しかも、卑怯《ひきょう》にもそれを隠しているとしても？」

真剣な口調だった。初めて会った時から惹かれていたダークブルーの瞳が、自分をじっと見つめている。なぜか悲哀にも似た、すがるような気配をアレンの表情に認め、ミルシャは瞳を見つめ返して告げた。

「何があってもお味方です。仮に何か罪があるなら、私が半分背負います。私、アレン様が……好きなんですもの」

そう言った瞬間、アレンの顔が奇妙に歪んだ。「ミルシャ」と短く呼びかけ、手を差し出してくる。なんの気なしにその手を取ったら、勢いよく引っ張られた。

「きゃ!?」

胸に転げ込んだミルシャを、アレンが強く抱きしめる。力が強すぎて、痛い。

「い、痛いです、アレン様」

「初めてだ。そんなふうに、俺の味方になろうとしてくれる者は……誰もいなかった。母親でさえ、俺の味方ではなかった。お前が初めてだ、ミルシャ」

引き倒した自分を抱きしめる力は強いのに、声ににじむ哀しげな響きは、親からはぐれて独りぼっちになった子供を思わせて、聞いているミルシャの胸が詰まる。狂おしく髪に頬ずりしてくる仕草が切ない。

(震えてらっしゃるの? お母様も味方じゃなかったって、どういうこと?)

意のままにならないことなどないと思える皇帝が、なぜこんな頼りない仕草をするのかわからないけれど、とにかくアレンの心を楽にしたい。アレンの背に腕を回して抱きしめ返し、肩に頬ずりして、ミルシャは繰り返した。

「これからは私がいます。安心なさってください。アレン様が好きなんです、初めて会った時から、ずっと」

抱きしめる腕がゆるんだ。髪に頬ずりしていた顔を上げ、アレンが瞳を見つめてくる。

「ミルシャ……そばにいてくれ」

アレンがミルシャの顎に手をかけた。唇が重なる。強く押し当ててから、一瞬力を抜き、舌を入れてきた。

「ん……っ、ぅ……」

ミルシャは喘いだ。唾液《だえき》の味も、舌の熱さも、すでに知っている。ミルシャの舌にからませて、強く吸ってくる力も、いつも通りだ。痛いけれど、心地よい。顔が離れると、二人の唇の間に唾液が銀の糸を引いた。

ミルシャの唇に指先で触れて、アレンが微笑む。

「俺は、望む国に望む形で生まれることはできなかった。だがお前という、献身的で明るい娘を妻にすることができた。強引に求婚して連れてきたから、怒っていないかとひそかに案じていたが……そうではないんだな。よかった」

言葉の終わりとともに、ミルシャは押し倒された。唇に、額に、頬に、喉に、口づけの雨を降らせながら、アレンが衣服を剝ぎ取り始める。新婚二日目の夜が、熱く更けていく。

「あっ……」

乳房を鷲《わし》づかみにされ、そのまま強く揉みしだかれて、ミルシャは苦痛に呻いた。

「い、痛いです。あまり、強く、しないで……」

訴えたけれど、指の力が少しゆるんだだけだ。胸を弄ぶ力も、閉じ合わせた腿の間へ手を差し込んでくる力も、変わらず強引だった。

(今は、立会人はいないのに……初めての時みたいに、優しくしてほしい)

だが愛撫の仕方をどうこうしてくれと指図することは、恥ずかしくてとてもできない。アレンの手が腿の隙間を探り、秘裂をとらえた。上端の蕾を、くりくりとこね回す。乾いた指で敏感な粘膜を触られて、ミルシャは悲鳴をあげた。

「あっ、ぁ……あんっ！　やっ、そこ……!!」

腰がびくびく跳ねる。苦痛のあまり、アレンの背に腕を回してすがりついて――ミルシャは違和感を覚えた。

(傷が、ない……？)

昨日の昼間、控え室へ忍んできたアレンに抱かれた時、自分は夢中でしがみついて爪を立て、みみず腫れを作ってしまった。だが今、自分の手に触れるアレンの背中はなめらかで、どこにも引っ掻いた痕《あと》は触れない。

(たった一日で跡形もなく治るはずないと思うんだけど……アレン様は特別に傷の治りが早いのかしら？)

それとも傷の場所を勘違いしているのだろうか。背中を撫で回してみたが、やはりみみず腫れが手に触れることはない。帝国はオーグル王国と違って富裕だし、大陸中の珍品が集まるらしいから、傷を早く治す薬もあるのかもしれない。

アレンが秘裂の蕾を探る手を止め、苦笑した。

「ミルシャ、くすぐったい。……それともこんなふうに触ってほしいという意味か？」

「ち、違います、そんな！」

「あいにく、そんなふうにおずおずと、悠長に撫で回してはいられない。今すぐにお前がほしいんだ」

「ひぁっ!?　だめっ、許し……!!　あ、あぅ……」

いじられて硬く尖《とが》った蕾が、皮から顔を出したらしい。包皮越しにいじられただけでも腰が跳ねてしまったのに、直接触れられて耐えられるわけがない。じゅん、と甘く熱く潤む感覚がミルシャの腰を溶かす。全身がほてって、とろけそうだ。

蕾から離れた指が、秘裂をなぞる。

「だめと言うわりに、ここは濡れてきた」

耳元に囁いて、アレンがミルシャの耳朶《みみたぶ》を甘噛みし、しゃぶる。秘裂や蕾を探られるのとはまた違う刺激が、脳に響く。口からこぼれる嬌声《きょうせい》は、自分でも恥ずかしくなるほど甘い。

「あっ、ぁ……はぅんっ！　ぁ、はぁ……っ」

「可愛い奴」

アレンが身を起こし、ミルシャの両脚をつかんで開かせた。間に体を割り込ませてくる。

「……あぁぁっ！」

熱い猛りが、押し入ってくる。濡れていたとはいえ、性急すぎて圧迫感が強い。

(初めての時は、もっとゆっくりだったのに……)

控え室に忍んできたアレンは、挿入までに、ミルシャが焦《じ》れるほど丁寧に時間をかけた。

あれほどゆっくりしてくれとは言わないけれど、今は誰も邪魔者はいないのだから、こんなに性急で荒々しくしなくてもいいはずなのに——そう思うのは、自分のわがままだろうか。

「は……」

根元まで突き入れて、アレンが大きく息を吐いた。ミルシャの視線をつかまえて、問いかけてくる。

「大丈夫か、痛いのか?」

「あ……少し……きつい、です。でも、大丈夫……」

「我慢できなかったら言え」

気遣うようにミルシャの頬に触れて、アレンが言う。

(やっぱり、アレン様は優しいわ。大好き……)

荒々しいのは、男という生き物の本能なのだろう。『今すぐにお前がほしい』と言っていたし、性急だったのはそのせいだ。ミルシャはそう自分に言い聞かせ、再びアレンの背に腕を回してしがみついた。

3

結婚生活が始まった。だが皇帝は公務で忙しい。毎夜、ミルシャの寝所を訪れるというわけにはいかなかった。

「んー、退屈ぅ……」

貧乏小国のオーグルでは、王妃といえどもすべてを侍女任せというわけにはいかない。ミルシャの母は、衣装替えや化粧などは毎日自分でしていたし、どうかすると侍女も警備兵もつけずに子供たちを連れて朝市へ出かけたりもした。

しかし帝国の皇妃ともなれば、毎日の化粧や着替えから、入浴時に体を洗うことまで、侍女たちがしてくれる。というより、ミルシャには何もさせてくれない。

「私にも何か、お手伝いをさせてもらえるといいんだけど……ねえ、そう思わない？」

寝台の上で、子猿の毛に櫛を入れてやりつつ、ミルシャは話しかけた。

夜休む時には、侍女はつき添わせない。貧乏なオーグル王国では、王女一人一人に侍女をつき添わせる余裕がなかったから、独り寝が当たり前だった。そのため侍女が部屋に詰めているとかえって安眠できない。『婚姻の誓い』で、他人が部屋にいると安心できない性癖に拍車がかかった。

（アレン様だけは別だけど）

扉の外には衛兵がいるし、ベルを鳴らせばすぐ侍女が来てくれる。寝室に一人でいても、不便を感じたことはない。ただ、新婚三日目なのにアレンがいないのは寂しかった。

「今日の軍議は長引きそうだから、今夜は待たずに休めっておっしゃったものね。仕方がないわ」

明日アレンに一番いい笑顔で会えるように、今夜はそろそろ眠ることにしよう。

「さ、ピム。籠に入りましょうか。……きゃっ!?」

子猿はまだまだ遊んでいたかったらしい。抱き上げてケージまで運ぼうとしたミルシャの腕から飛び出し、机から衝立《ついたて》の上へ、寝台の天蓋《てんがい》へと飛び移る。

「ちょっと、ピム！　戻りなさい！」

まったく下りてくる気配がない。天蓋の上で遊び回っているのか、埃《ほこり》が舞い落ちてくるばかりだ。ムッとしたミルシャは、スカートの裾をたくし上げた。

「ほんとにもう、わがままなんだから！」

ミルシャは柱を伝って天蓋の上へよじ登った。ところが天蓋の上にピムがいない。

「えっ……何よ、これ」

天井の板が一枚ずれて、隙間が空いている。そしてピムはその隙間から天井裏へ逃げ込んでいた。からかうようにミルシャを見やり、歯を剝《む》いてキキッと笑ったかと思うと、暗闇《くらやみ》の奥へと走っていく。

「こらぁっ！　どこへ行くの、待ちなさい！」

まずい。非常にまずい。あの小さな体なら、どこへでももぐり込める。誰かの寝所へ飛び出したり、厨《くりや》に侵入して食物を荒らしたり、あるいは危ない場所に入り込んでピムが怪我をするのは困る。プロポーズされた日の夜、指輪を奪われて外へ逃げられた時にも焦ったけれど、今回はさらに深刻だ。

いったん寝台から下りたミルシャは、燭台《しょくだい》とピムのための胡桃《くるみ》を持って天蓋の上に引き返した。板をさらに大きくずらし、天井裏へ這い上がる。

(うわぁ、埃まみれ……ピム、こっちへ行ったのね)

埃についた足跡をたどれば逃げた方向がわかる。ミルシャは天井裏を這って子猿を追った。この調子では、部屋へ戻った時にはきっと、髪もドレスも埃だらけのどろどろだ。

(……ん？　何、この音？)

ずっ、ずずっ……と不気味な音が近づいてくる。

ミルシャの体がこわばった。子供の頃、天井裏を這いずる妖怪の話を聞かされた記憶がある。その妖怪は、夜寝ている人の枕元へ下りてきて、血を吸って殺してしまうのだ。

（や、やだっ、逃げなきゃ……ううん、だめ！　ピムを置いていけないもの！）

恐怖をこらえて胡桃を振り回し、子猿に呼びかけた。

「早くおいで！　ピム、危ないから……早く！」

子猿の影が、手燭の明かりに浮かび上がった。何か持っている。

「……こら。なんなの、あんたは」

ミルシャは脱力した。ずるずるという音は、ピムが自分の体と同じくらいの大きな布包みを引きずってきたせいだったのだ。ミルシャや侍女が、櫃《ひつ》や椅子を引っ張って動かすのを見ていたので、その真似かもしれない。

「何かしら。ていうかピム、どこから取ってきたのよ？」

どれほど走り回ったのか、埃はぐちゃぐちゃに乱れて、跡をたどれそうにない。荷物を抱えて離さないピムを胸に抱きかかえ、ミルシャは元の穴から、寝台の天蓋に下りた。ずれていた天井板を戻し、包みを抱えて床に下りる。

「このいたずらっ子。何をしでかしてくれるか、わかんないわね。で、これはなんなの？」

尋ねたところで、もちろんピムは答えない。二重三重の油紙を剝がすと、現れたのは革表紙の書物だ。かなり古い物らしくかび臭いが、油紙で湿気から守られていたせいか、開けてみると中は綺麗だった。記してある字も充分読み取れる。ただし現在の言葉ではなく聖古語で書かれているので、意味はよくわからない。

「挿絵を見る限り、宗教書みたい……聖古語をもっと勉強しておけばよかったわ」

革の表紙に刻印された金文字といい、いかにも古そうなのに傷んでいない上質の紙といい、重要かつ大事な書物に思える。ピムがどこから持ってきたのかわからないが、誰かに相談した方がよさそうだ。侍女に見せようとベルに手を伸ばしかけて、あることに思い至り、ミルシャは眉根を寄せた。

(天井裏にあった物ならいいんだけど……まさかピムはこの本を、どこかの部屋に下りて、棚や物入れから取ってきたわけじゃないわよね?)

布包みが埃まみれだったので、天井裏から持ってきたとばかり思っていたけれど、ピムは小さな体に似合わず力が強い。そして素早い。ミルシャがもたもたしている間に、天井裏からどこかの部屋へ下り、室内を荒らして戦利品を手に戻ってきた可能性もある。

(アレン様が認めてくださったからピムを飼えるけど、皇妃のペットが小鳥や猫ならともかく、猿なんて……って、批判してる人もいるらしいし)

もしこれが貴重な書物で、ピムが勝手に部屋から持ち出したのなら、『罰当たりな猿は追い出せ、山へ放せ』と言われるかもしれない。ならばうかつな相手には相談できない。頼れるのはアレンだけだ。

ミルシャは子猿をケージに入れ、元通りに布で包んだ本をスカーフで包み、中身が人目につかないようにして部屋を出た。

アレンの寝所へ行ってみたところ、軍議は終わったけれどもまだ執務室から戻らないという。小姓の話によると、皇帝が目を通して署名しなければならない書類が、三つも四つも山を作っているらしい。

「もう少し大臣や将軍などに任せて、皇帝陛下は休んでくだされぱいいのですが」

「特に最近の陛下は、お疲れのご様子ですし……しかし我々がお止めしても、聞いてくださいません。無駄な会話に時間を使わせるなと、お叱りを受けるばかりです。明日は南部地方へお出かけになるというのに」

小姓たちが案じ顔で深く頷き合う。そんな話を聞けばますます心配になる。叱られてもいいから会ってみようと、ミルシャは執務室へ急いだ。廊下で警備に当たっていた兵士も、皇妃であればということで、通してくれた。

「アレン様、失礼いたします」

そっと扉を開け、控えめに声をかけたが返事はない。ミルシャは部屋の中へ身をすべり込ませた。

まず目に入ったのは、書類が高々と積み上がった大きな執務机だ。その書類の山の隙間から、ペンを走らせるアレンの姿が見えた。燭台の明かりの加減か、頬から顎にかけての影が、やつれた気配のように見える。いや、小姓たちが心配していた通り、疲労が溜まっているのかもしれない。

老侍従長がちょこまかと動き回り、アレンが読み終わった書類を仕分けしたり、次の書類を差し出したり、鵞《が》ペンを取り替えたりしているが、侍従長自身も疲れているのか、時々自分の腰を拳で叩いていた。

スカーフで包んだ古書を小卓に置き、ミルシャはずんずんと執務机に近づいた。

「アレン様、お邪魔いたします！」

部屋が広いせいで、アレンも侍従長もミルシャが来たのに気づいていなかったらしい。驚いたように目をみはった。

「ミルシャ。どうした、何かあったのか？」

「お部屋を訪ねてもいらっしゃらないから、こちらへ来たんです。小姓たちが案じていました。明日は南部地方の視察へおいでになるんでしょう？」

「馬車の中で眠れる」

休むつもりはまったくないらしく、アレンは再び視線を机に落とした。サインし終えた書類を横へどけて、別の書類に手を伸ばす。みっしり並んだ細かい字は、横から見ただけで眩暈がしそうだ。侍従長が「休息を取ってくださるよう、お願いしているのですが」と溜息をついた。

「お願いです、少し休んで……」

言いながらアレンの手を押さえて、その熱さに驚いた。普通の体温ではない。

「アレン様、熱があるじゃないですか！」

「大したことはない」

「何をおっしゃってるんです！　仕事をなさってる場合じゃありません、ベッドでお休みにならなきゃ……!!」

引っ張ろうとした手は、振り払われた。

「そんな暇はない。軍事、土木、外交、収税、裁判。ありとあらゆる書類に、俺の決裁が必要なんだ。一日休めば、翌日の公務が倍にふくれ上がる」

「他の方にお願いすれば……大臣や将軍がいらっしゃるでしょう？」

「任せられるものを任せた上で、それでもまだこれだけ、俺が目を通さねばならない書類があるんだ。手伝えないなら、話しかけるな」

ミルシャに受け答えしながらも、アレンは驚くべき速さで書類に目を通し、決裁の署名をしたり、「これは再審議」と呟いて、横の箱へ放り込んだりする。父もこんなふうに焦っていた時があったと、ミルシャは思い返した。国の規模が大きい分、支配者である皇帝にかかる責任は重く、仕事も多いのだろう。

遠慮しながら話しかけた。

「せめて熱だけでも下げた方がいいと思います、アレン様。その方がお仕事の効率も上がるでしょうし」

「解熱剤はだめだ。眠くなる。それに侍医を呼んだりしたら、単なる微熱が死にかけの重病という噂になって広まってしまう。わかったら部屋へ戻って……」

「お医者様は呼ばないし、解熱剤も使いません。アレン様、手を出して。すぐすみます」

「?」

ミルシャの自信たっぷりな口調に圧《お》されたのか、素直に右腕を差し出してくれた。袖口をまくり上げ、肘《ひじ》の内側を探って、親指で押す。アレンが顔をしかめた。

「痛いぞ」

「他の場所と比べて、特に痛いですか? このへんや、このへんは?」

「こっちの方が痛い。……いたっ、いたたた! 痛いと言っているだろう!」

武芸に優れたアレンが、悲鳴をあげてのけぞった。侍従長がおろおろして、ミルシャとアレンを見比べる。

「ミルシャ皇妃、いったい何を……」

「もうやめろ、痛かった」

二人に笑顔を向け、ミルシャは説明した。

「我慢なさって。悪い部分にマッサージが効いている証拠なんです。ツボって言うんですよ。何度も押していたら、熱が下がってきて楽になりますから」

「ほう」

アレンが興味深げな顔になって、ミルシャの手つきを眺めた。

「確かに……最初は強烈に痛かったが、だんだん痛みが引いて、押されるのが心地よくなってきた。東方から入ってきた治療法か？」

「多分。オーグルでは薬が使えない人——たとえば、苦味を嫌がる小さい子供や、薬が強すぎて体に障る重病人の熱を下げたい時に、このマッサージを使うんです。私も小さい頃は、乳母や母にこうして治療してもらいました」

「母君にか……」

「ええ。お医者様の治療というより、家の中でする手当てっていう感じです。腹痛をやわらげたり、喉の痛みを取るツボもあるんですよ」

解熱作用のある肘のツボを押していると、アレンの表情がやわらいでいくのがよくわかる。嬉しい。

「……あっ、そうだ。少し待っててください、いいものがあるんです」

ミルシャは大急ぎで自室に戻り、レモンの香油が入った小壜《こびん》を取ってきた。戻ってみると、執務室にはアレン一人だけになっている。

「侍従長は？」

「先に休ませた。いい年だし、腰痛に悩んでいるんだが、頑固でな……俺の言葉はなかなか聞かない。お前が来てくれたので、『俺も休むから爺も休め』と言ったら下がった。いい口実になった」

そのうち老侍従長にも腰痛のマッサージをしてあげたいな、と思いつつ、ミルシャは小壜の蓋《ふた》を取った。香油を自分の指につけて、アレンのマッサージを再開する。肘の次は、椅子に座ったアレンの背後に回って、首筋のツボを押した。

「ああ、これは……気持ちいいな。いいにおいだ」

「レモンの香油にも、熱を下げる作用があるんです。このにおいを吸っていると、あとでじんわり効いてきます。このへん、まだ押したら痛いですか？」

「少し……でも不快じゃない。痛《いた》気持ちいい、というのはこういう感覚かな」

「あまり押しすぎても逆効果ですから、このくらいでやめましょう」

「そうか。……礼を言うぞ、ミルシャ。すっきりした頭で仕事に戻れる。これなら早く片づくだろう」

振り向いて微笑するアレンの顔立ちは、初めて会った時と同様に端整で——いや、少し面やつれしている分だけなまめかしさが加わり、ミルシャの胸をきゅんと甘く疼《うず》かせる。自分より七つも年上なのだけれど、なんだか母性本能をくすぐられてしまう。

「熱を下げるための応急処置ですから、書類が片づいたら休んでくださいね。無理をしたら、あとでぶり返しますよ。さ、終わりです」

首筋から肩へと揉み下ろした手を、放そうとした。しかしその手の甲にアレンが手を載せて、軽く握った。

「ミルシャ。……お前を、妻にしてよかった」

愛を告げる言葉の不意打ちに、顔が燃え上がりそうなほど熱くなる。

「そ、そ、そんなっ、マッサージぐらいで……だ、だけど、嬉しいです」

「熱を下げてくれたからではない。いや、もちろん感謝しているが、何よりもお前の俺に対する、役に立とう、支えようとしてくれる姿勢が嬉しい。心のつながりのある妻が、こんなにも安らぎをくれるものだとは、思いもよらなかった」

アレンは目を閉じて仰向き、ミルシャの胸元に頭を預けて語り続けた。

「俺はお前の両親が……一家揃って仲のいいオーグルの王室が、羨ましかった。王と王妃はいかにも仲がよさそうだし、政治的な背景以上に、子供のお前が幸せになるかどうかを重視して、心を砕いている様子だった。俺の両親とは正反対だ」

「アレン様のご両親はあの、大陸中に流行した疫病で亡くなられたんですよね」

「二人同じ時に、同じ病で生を終えたのが不思議なほどだ。政略結婚で、もともと夫婦仲がよくなかったし、子供が生まれたあとはますます対立が激しくなった。父が母を幽閉しようと謀《はか》ったり、逆に母が父を暗殺しようと目論《もくろ》んだこともある。証拠はないが、おそらく母だ。とばっちりで俺も毒を盛られた」

「アレン様が!? そんな、だって……アレン様のお母様でしょう!?」

「俺は母に嫌われていたんだ」

「嘘っ！」

反射的にこぼれた言葉に、アレンが不快そうに顔をしかめる。

「嘘をついてどうする。俺が信用できないのか」

「ご、ごめんなさい。そうじゃなくて、だって、アレン様を嫌うなんてありえないんですもの。私、一目見ただけでアレン様に憧れました。だからお嫁入りできるかもって聞いた時、天にも昇る心地で……もちろんわかってます、交易のためだって。それでもよかったんです。自分がアレン様の妃《きさき》になれたことが嬉しくて、幸せです。厳しそうに見えるけど、本当はアレン様って優しいんですもの。毎日毎日、好きになります。なのにそんな……」

しどろもどろで喋っていたら、アレンの表情が徐々にやわらいできた。

「本当に可愛い奴だ、お前は」

褒められて、顔の筋肉がどうしようもなくゆるむ。嬉しい。多分今、自分の顔は、これ以上ないほどのふやけた笑みを浮かべているに違いない。

(こんな優しい人をお母様が嫌っていらしたなんて……どういうこと？)

気になるが、アレンにとってはつらい記憶のはずだ。聞きほじるわけにもいかない。アレンの頭を胸に抱いて、ミルシャは囁いた。

「大好きです。アレン様がくつろいで心安らぐ家庭が築けるように、私、もっともっと努力します。なんでもおっしゃってください」

「ありがとう、ミルシャ。……ところで何か用があったんだろう？」

「えっ、でも……い、いいです。お疲れなんですもの、また次の時に申し上げます」

「わざわざここまで来たんだ、話せ。中途半端にされてはかえって気になる」

そこまで言われては、遠慮する必要もない。ミルシャは小卓に置いてあった包みを取ってきて中身を取り出し、手に入った経緯を説明した。

「天井裏から引っ張ってきたんだと思うんですけど、もしかしたら誰かの部屋にあったのかもしれません。ピムが取ってきちゃったのなら、どうやって返せばいいか」

「個人の持ち物だとして、本を布で包んで保管するかな？　読書室や書庫は別棟だし……埃がもっとついていたというなら、天井裏に隠してあった物をピムが引きずってきたと考える方がいい。しかし、これは……」

言いながらページをめくるアレンの表情が、徐々に真剣さを増していく。

「『神教古伝』二十六巻……もしかしたら、実に貴重な書物かもしれないぞ」

「は？」

「マシュラム神教の古伝のうち、何巻かは迫害時代に失われているんだ。略本の書き写しは伝わっているが、正本は残っていないとされている」

まだよく呑み込めないミルシャに、アレンは丁寧に嚙み砕いて説明してくれた。

ブレッセン帝国が国教としている、マシュラム神教には百巻近くにもなる長い教典が存在する。しかし長い歴史の間に、為政者から迫害を受けたり戦乱で焼かれたりして、散逸してしまった。神教が勢いを盛り返した現在、多くの原書が回収されたが、いまだに見つからないままの巻もあるという。

「表紙に二十六巻と書いてある。俺は一応全部目を通しているけれど、この本には初めて見る挿話がいくつかあるようだ。今伝わっているのは略本と聞いた覚えがあるから、これは正本なのかもしれない。……本物なら、大変な発見だ。しかし消失巻には贋作《がんさく》も多く作られているそうだし、大教会にこれを見せて、確認してもらうのがいいだろう」

「教会……あの大司教様ですか」

ミルシャの声が曇った。『婚姻の誓い』で味わった、いやな思いが蘇《よみがえ》ったせいだ。アレンがなだめるように、ミルシャの手に自分の手を重ねる。

「ミルシャは大司教が嫌いなのか」

「嫌い……っていうか、思い返すと恥ずかしくて」

大司教は、他の立会人——たとえばアレンの叔父の大公などとは違って、好色な感想を口にはしなかったから、少しはましだ。けれど本来秘すべき夫婦の秘事を見られたのだ。無心で顔を合わせて話をすることなど、できはしない。

アレンが面白がるように笑う。

「大司教は俺と同じくらい忙しいはずだ。帝都大教会へ行ったからといって、そうそう顔を合わせることはないだろう。それに神教古伝らしい本が見つかったという話をするなら、相手は書庫担当の司教や司祭だ。大司教は関係ない」

そう説明されて、ほっとした。

「ミルシャがいやなら、俺がこの本を大教会へ持っていこうか？　視察を終えて、帝都へ戻ってからのことになるが」

「いえ、アレン様はお忙しいんですもの。そのうち私が、大教会へ持っていきます」

「そうか」

アレンはなおもページをめくる。その口から、独り言めいた呟きがこぼれた。

「……昔は禁忌ではなかったんだな。聖マロードに祝福されているじゃないか」

ミルシャはアレンの顔と本を見比べた。聖古語は読めないけれど、そっくりな顔をした二人の少年と聖人が描かれた、挿絵の入ったページだった。少年の片方は聖人に果物とパンを捧げ、もう一人は聖人の前に水桶《みずおけ》を置いて、足を洗っている。

「これ、なんですか？」

「聖マロードが田舎の村に泊まり、双子の兄弟に歓待される場面だ。聖人はこのあと双子に祝福を与えている。これが贋作でなく、本物の古伝ならいいのに。そうすれば……」

話す間もアレンは、挿絵から視線を外さない。瞳は、憧れと哀しみと羨望《せんぼう》を混ぜ合わせたような光を湛《たた》え、見る者の胸を詰まらせる。

「そうすれば……どうなるんですか？」

ミルシャは問い返した。聖人が祝福を与えた話は、こう言っては悪いが珍しくもない。なぜアレンがこれほど心を揺さぶられているのか、わからなかった。アレンがハッとしたように視線を泳がせる。

「いや、別に……何しろなかなか、興味深い内容だ。ほら、こっちのページでは、聖ゴルデアが『娼婦《しょうふ》に罪はなく、身を売らねば生きていけない苛烈《かれつ》な政治こそ罪』と当時の王を批判している。こちらは聖ナダの逸話だ。異教の僧侶《そうりょ》と協力して、疫病の治療に……」

アレンがいつになくぺらぺらと喋るのは、話を逸らせようとしているからか。

(必要なことなら、いつか話してくださるわよね)

深く追及しないことにした。今は、アレンに少しでも早く休んでもらいたい。

「本は私が持っています。お願いです、特に大事な書類だけ片づけたら、早くお休みになってください。視察の間は、馬車の中で少しでも眠ってくださいね」

「ああ。そうする」

アレンが微笑む。ミルシャが部屋に入ってきた時に比べると、ずいぶん雰囲気がやわらかくなっている。応急処置とはいえ、熱が下がり体の凝りが取れたことで、楽になったのだろう。

ミルシャは本を抱えて、執務室を出た。

自分の寝所へ戻ると、ばたばた動き回った反動か、急に眠気が押し寄せてきた。書物を本格的に隠すのは明日の朝にしようと決め、とりあえず布団の下に隠した。まぶたを閉じるとすぐ、寝入ってしまったようだ。

どれほど時間がたったのか、

「ミルシャ……ミルシャ」

名を呼ぶ声がする。ピムがキィキィと甲高い声で鳴き、ケージを揺さぶって騒いでいるのが聞こえる。肩に手をかけて揺すられ、ミルシャは眠りから覚めた。

目を開けて、至近距離に見えたのはアレンの顔だ。

「アレン様!?」

「そうだ。明日から会えないからな、お前がほしくて……」

いたずらっぽい笑みを浮かべてアレンが覆いかぶさってくる。いつもなら恥じらいつつも受け入れるところだが、今夜ばかりはそうはいかない。

「な、何をしてらっしゃるんですかっ！　休んでくださいって申し上げたでしょう!?」

休息するようあれほど言ったのに、わざわざ疲れることをしに忍んでくるとは、何を考えているのだろう。怒ったミルシャは、アレンの肘のツボを力一杯押した。

「いっ……!!」

相当痛かったらしく、アレンが顔を歪めて固まる。その隙にミルシャはアレンの下から抜け出した。

「お疲れなんだから休んでくださいって、申し上げたでしょう⁉　わかったっておっしゃったのは嘘だったんですか！　来ちゃったものは仕方ないけど、とにかくこのベッドで休んでください！」

素早くベッドから下り、ミルシャはばふばふと布団をアレンに押しかぶせた。

「ち、ちょっと、待っ……待て、ミル……ぶっ‼」

「ただの疲れだって甘く見て、こじらせたらどうなさるんですか！　アレン様が病気になったら……もしそれが重くなって、万一死んじゃうようなことがあったら、私、この帝国で独りぼっちじゃないですかぁ……まだ、新婚三日目なのに……」

想像が身に迫り、涙声になった。アレンがもがくのをやめる。

「ミルシャ……」

「お体を大事にしてください……お願いです」

アレンにかぶせた羽根布団を自分自身の体で押さえ、ミルシャは懇願した。アレンが何度か瞬《まばた》きし、ちょっとうわずった声で言った。

「わ、わかった。おとなしくする」

「よかった」

安堵の息を胸の底から大きく吐いたミルシャを見上げ、アレンが呟く。

「女に叱られたのは初めてだ」

「え？　あ……ご、ごめんなさい。でも、アレン様のお体が心配で」

「わかっている。だから初めてだと言ったんだ。親身に案じてくれるからこそ叱るんだと、ちゃんとわかる。俺のまわりに、こんなふうに接してくれる者はいなかった」

「お母様や、乳母は？」

「母は俺を甘やかすばかりで、俺のために叱ろうとはしなかったんだ。本心から俺を案じてくれたわけじゃなかった。乳母もそうだ。子供の頃の俺は、しょっちゅう病気をしていたから、汗や吐いたもので服が汚れると嫌がっていた」

違和感を覚えた。

先ほどアレンの執務室を訪ねた時のことが、ミルシャの脳裏をよぎる。

(さっき、アレン様はお母様に嫌われてたって言ったけど……甘やかされてたって、まるっきり逆じゃない？)

問い返そうと思った時、子猿が一際甲高い声で鳴いた。布をかぶせたケージの中で、興奮して飛び回っているようだ。あまりいつまでも騒いでいると、誰かが聞きつけて室内の様子を見に来るかもしれない。

ミルシャはベッド際を離れ、ケージにかぶせていた布をそっと持ち上げた。

「ピム、どうしたの？　ほらアレン様よ、知っているでしょう。だからもう騒がないの」

オーグル王国から帝国への旅の間に、アレンから何度か餌《えさ》を貰《もら》い、すっかりなついているはずだった。だがピムはケージの金網を揺すり、威嚇《いかく》するように歯を剝く。

「どうしたの？　変な子。……これをあげるから、静かにして」

優しく話しかけながら胡桃を与えると、まだ疑わしそうな顔をしながらも受け取った。

「聞き分けてくれたの？　いい子ね、ピム」

ケージに再び布をかけ、ミルシャはベッド際へ戻った。おとなしく布団をかぶっているアレンが、冗談交じりの口調で話しかけてきた。

「俺も言うことを聞いて静かに寝ているんだが、褒めてくれないのか」

「はいはい。アレン様も、もちろんいい子ですよー」

自分よりずっと年上のアレンが甘えてくるのが、可愛い。母親ぶった言い方をして、掛布団の肩のあたりをぽんぽんと叩いてみた。

「子守歌でも歌いましょうか？」

「いいな。添い寝だと、もっといい」

「だめです。いけないことをするつもりでしょ？」

「もうしない。約束する」

そこまで言うならと思ったし、寝衣だけで布団の外にいるのが寒くなってきた。横に入れと言うように、アレンが掛け布団を持ち上げる。寝る前に隠した本が現れた。

「ん？　これは……」

「あっ、あの、あとできちんと片づけるつもりで……眠かったものですから」

アレンは答えずに本を開いて、ページをめくり始めた。隣にもぐり込んで、ミルシャは苦笑した。

「さっきも熱心に読んでいらしたし、よほど興味がおありなんですね。教会へ持っていって調べてもらうのは、アレン様が帝都に戻られて、全部目を通したあとにしましょうか？」

「うん……ああ……」

曖昧《あいまい》な返事しか返ってこない。聖人と双子の話を食い入るように読んでいる。

「区切りのいいところまで読んだら、眠ってくださいね。一時的に熱を下げただけですし、明日から長旅なんですもの」

「そうだな」

「本当に熱は下がってるんでしょうね？」

本を閉じたアレンの額に手を当ててみたら、「冷たい」と苦笑された。さっきまでベッドの外に出ていたため、自分の手が冷えているようだ。

「うーん、手じゃよくわからないみたい……おでこで計りますね」

ミルシャはアレンの頬に手を添え、額と額をこつんと合わせてみた。熱さは感じない。

「よかった、本当に熱が下がったみたいです。マッサージが効い……」

言いかけて、ミルシャの体がこわばった。

(どうしてレモンオイルのにおいがしないの……!?)

レモンの香油のにおいは、一日は消えないはずだ。なのに今、自分の隣に寝ているアレンからは、その香りがしない。

なついていたはずのピムが、やたらに騒いだこと。母親に『嫌われていた』、『甘やかされていた』というまったく逆の思い出話。一度目を通したはずの本を、食い入るように読んでいたこと。そして消えたレモンオイルのにおい——背筋を悪寒が走り抜ける。

(この人……アレン様じゃ、ない……?)

アレンの背中に自分がつけた、引っ掻き傷のことを思い出したのだ。

たった一日であの傷が治るはずはない。なのに翌日アレンに抱かれた時、傷は消えていた。傷が消えたのではなく、そっくりな別人だったのだとしたら——こみ上げる不安を押し殺し、ミルシャは問いかけた。

「背中の傷はもう大丈夫ですか？　私、思い切り爪を立ててしまったから……痛みや痕が残っていませんか？」

「気にするな、もう痛まない」

その返事を聞いた瞬間、ミルシャは転げるようにベッドから下りた。一緒に寝ていることなど、できなかった。

「だ、誰!? アレン様じゃない……誰なの!?」

「ミルシャ」

跳ね起きたアレンから、後ずさって距離を取る。

「近づかないで! 顔は同じだけど、あなた、アレン様じゃないでしょう! 誰!?」

「……っ……」

痛いところを突かれたというように息を呑んだ表情に、ミルシャは確信した。やはりアレンではないのだ。自分が『お前はミルシャじゃない』と言われても、ただとまどうだけだろう。こんな、焦った顔にはならない。

「誰なの……あなた、まさか……今までにも、現れたこと、あったの……?」

声がわななないた。自分は、夫以外の男に肌身を任せてしまったのか。全身ががくがく震え出した。後ろの壁にもたれていなければ、体を支えられずにへたり込んでいただろう。手足が冷たい。

「困ったな」

起き上がってベッドの端に腰を下ろした、アレンそっくりな青年が苦笑いを浮かべた。

「どうして別人だなんて思うんだ?」

「せ、背中の傷……昨日の、アレン様にはなかったわ。私、この手で確かめたんだもの。あの引っ掻き傷が一日で消えるわけないんだから……あなたは誰なの、なぜこんなことを！　私、アレン様以外の人に、体を許してしまったの!?」

　涙がにじんで、視界が歪む。

　アレンの顔をした青年が息を呑む気配があった。

「な……泣くな、ミルシャ」

「泣かずにいられるわけないでしょう!?　結婚したばかりなのに、不貞を働いたなんて！　もう生きていられないわ、ひどい……!!」

　自分の言葉に触発されて、ミルシャはすぐ横の窓を見た。ここから飛び降りたら、死ねるだろうか。他の男に抱かれたことがわかった以上、もう生きていけない。国の格の違いを顧みず、周囲の反対を押し切ってまで、自分を妻にしてくれたアレンに、顔向けができない。

「ま、待て！」

　ミルシャの視線を追い、自決を考えていると悟ったのだろう。慌てた声が飛んできた。

「早まるな、俺はアレンだ」

「嘘をつかないで！　なついているはずのピムが騒いだし、さっきマッサージに使ったばかりのレモンオイルのにおいもしないわ！」

「俺はアレンであって、アレンじゃないんだ。頼む、話を聞いてくれ。お前は不貞など働いていない」

意味がわからない。だがミルシャを止めようとする声も表情も、とても真剣だ。気温が下がる夜更けだというのに、額には玉の汗を浮かせている。気迫に圧され、ミルシャは青年の話に耳を傾けることにした。

「これは皇宮の中でも、ごくわずかな者しか知らないことだ。お前も誰にも言わず、心に秘めておいてほしい。故国のご両親にもだ。……二重人格という言葉を知っているか？」

「にじゅう……？」

「一人の人間の中に、二人分の心があることだ。……二人の人間が一つの体を使っていると思ってくれ。体を一つの家だと思え。普通は中に一人しかいないが、皇帝アレンという家の中には、お前の知っているアレンと、ここでこうして喋っている俺……キースと呼べ。この二人が住んでいる」

「キース？　それって……」

「便宜上の名前だと思ってくれ。そのアレンとキース、二つの心が交替で、皇帝という家の外へ出てくるわけだ。キースである俺の人格が表に出ている間、アレンの人格は中で眠っている。体は同じだが、心は別々なんだ。お前が背中に爪を立てた時は、キースだった。アレンは背中を引っ掻かれたことを知らないから、体に傷が現れないんだ」

「そんなことって……」

「子猿は最初、俺に向かって威嚇の声を出しただろう。だがお前が少しなだめたら黙った。

あれは、心は違っていても体はアレンと同じだと、動物の直感で理解したからだ」

すぐには信じがたい話だ。しかしキースから繰り返し説明を受けるうち、思い出したことがあった。

(二人分の心……そういえば、砂漠を越えて渡ってきた巫女《みこ》が、そんなことを言ってた)

オーグル王国には砂漠を越えて来る東方の商人や移民が多い。そのため、東方の文化や慣習を引き継いだ施設や風習がいくつもあった。

その一つに、巫女と呼ばれる、人ならぬものの声を聞く老婆がいた。死者の霊や神を自分の体に乗り移らせ、失《な》くなった物を探したり、天候を占ったりするという話だった。

ミルシャは七歳の時、乳母に連れていってもらって占いを見学した。最初に挨拶した時、老巫女は皺《しわ》の寄った口をもごもごさせて、細い声で話していた。しかし百年前に死んだ戦士の霊が乗り移ると、壮年の男としか思えない低く割れた声になり、怒りに満ちた荒々しい身振り手振りで、子孫の不始末を糾弾《きゅうだん》した。ミルシャは肝をつぶし、乳母の腕にずっとしがみついていた。

戦士の霊が去ったあと、巫女の老婆は汗みずくで床に伏し、肩で息をしていた。霊を乗り移らせるというのは、精根尽き果てるほど疲れることらしかった。

案内してくれた乳母を質問攻めにしたら、

『乗り移らせるとは、つまり……説明しにくいですわねえ。そうそう、あの老女の体に、別の心が入って話をしたり、手足を動かしたりしていたと考えてくださいな』

『別の心？　その間、お婆さんの心はどこに行ってたの？　お空？』

『いえいえ、同じ体の中です。きっと、入ってきた霊の心に、身体を自由に使わせるため、隅に縮こまっていたのでしょう。だから今、あんなふうに気を失ってしまったのですよ』

幼いミルシャには、完全な理解は難しかった。

ただ、戦士の霊が乗り移った老巫女の、狂おしい振る舞いと、その後、昏倒《こんとう》した時の土気色の顔は、くっきりと記憶に焼きついた。二人の心が一つの体に入っているというアレンの状態は、故国で見た老巫女と同じではないのだろうか。

「キース、あなた……もしかして、死んだ人の霊なの？」

「どういうことだ」

ミルシャは、昔見た巫女の憑霊《ひょうれい》について簡単に説明した。キースが首を横に振る。

「それは違う。霊魂が人に取り憑《つ》くというのは、東方の考え方だ。帝国ではあまりその話はするなよ、ミルシャ。異教徒扱いされるぞ」

「私、神教徒です。巫女の占いは、見学に行っただけで」

「わかっている。だが帝国はオーグル王国と違って、異教徒への目が厳しい。皇妃として怪しまれるような行動は避けろ。……いや、俺がややこしい話題を持ち出したせいなのは、よくわかっている。そうだな、『二重人格』は、病気の一種と思ってくれ」

「病気!?」

「そんな心配そうな顔をするな。命取りになるようなことじゃない。単に、アレンとキース、二人が交互にこの体を使っているだけだ」

そう言われても、よくわからない。

「時間をかけて理解してくれればいい。今はただ、お前が不貞を働いたわけじゃないんだと、わかってくれ。自決を考える必要は、少しもないんだ。……そこは窓からの隙間風で冷えるだろう、こっちへ来ないか」

キースと名乗った人格は、なおも言葉を尽くしてミルシャに説《と》いた。

彼の話によると、子供の頃にアレンの心は二つに分かれてしまったのだという。両親は不仲で家庭は冷たく、幼子の心にはいろいろとつらいことが多かったため、キースという仮想の友達を作ってどうにか乗り切った。その後、成長して強くなったアレンはキースの存在を記憶から抹消したが、作られた人格は残っていた。時折、アレンが眠っている時にこうしてその体を使って活動するのだという。

「心は別々でも同じ人間だ。たとえば、機嫌のいい時と悪い時では同じ人間が別人のように思える時があるだろう? その極端な形だと思ってくれ。同一人物だ。だから不貞には当たらない。俺が仕掛けたことだし、お前には何一つ罪はない。……頼む、泣くな。お前を悲しませるつもりはなかったんだ」

何度も何度も情理を尽くして丁寧に説明され、ミルシャは一応納得した。

二つの心が一人の体に入っているという状態が、いいこととは思えないのだけれど、最初に考えたように、顔がそっくりな別人に抱かれていた事態よりは、ずっとましだ。

隣に座っているミルシャの髪を撫で、アレン、いや、キースが囁いた。

「このことは、誰にも言わないでくれ。皇帝の心の中に別の人格がいるとなれば、大騒ぎになる。それに俺は普段はアレンの中に隠れていて、めったに表に出てこない。外に現れるのはわずかな時間だけだから、二重人格だと気づかれることはほとんどないんだ」

「はい。もちろんです」

「ありがとう。……もう一つ、頼みを聞いてくれないか？　俺が『今はキースだ』と教えた時には、アレンではなくキースと呼んでほしい」

「……区別がつかないです」

「そう呼んでほしい時――他の者に聞かれる心配がない時は、俺が言う。さっき、お前が俺を叱りつけて、掛け布団をばさばさかぶせて……驚いて……そして、嬉しかった。お前を愛しく思った。だがお前が呼ぶ名前はアレンだった、キースじゃない。心は別々だ、俺がそう頼んだ時にはキースの名で呼んでほしい。いいな？　アレンは俺を嫌っているから、アレンの時に俺の名で呼びかけたらひどく怒るぞ」

「嫌うって……同じ体の中にいるのに？」

「別の人格を作ってしのいだ子供時代を、思い出したくないんだろう。奴にとっては暗い記憶だ。キースはただの空想だった、もういない——そういうことにしたいらしい」

曖昧に頷いたミルシャの肩に手をかけ、キースが引き寄せる。

「ありがとう。こんなとんでもない話を受け入れてくれて、やはりお前は最高の妻だ」

「それほどのことじゃ……あっ、ん……」

顎をつかまえられて、キスされた。

強く唇を押しつけてから一瞬離し、また押しつけ、舌を差し入れてくる。歯を一本一本探るように舌を動かし、なかなか侵入してこない。焦らされたミルシャが、甘い喘ぎをこぼしても、まだ丹念に歯茎を探っている。

アレンの荒々しく激しい口づけとは違い、ねっとりと濃厚だ。ミルシャの腰の奥が、じゅんっと熱く潤んだ。体がびくっと震えたのを見計らったように、キースが舌を入れてくる。すぐには舌と舌をからませずに、口蓋や頬の内側を舐め回す。

(あの時と同じだわ)

丁寧で技巧的なやり方がミルシャの記憶を刺激した。結婚式の日に控え室へ忍んできたのは、やはりキースの人格だったのに違いない。

「んっ、ふぅ……っ、ん……」

肩にかかっていた手が、下りてきた。肩、鎖骨の窪《くぼ》み、胸のふくらみ——寝衣の上から軽く撫でられる。胸の突起に指が何度も軽く当たる。乳首がじんとしびれ、勃《た》ち上がった。

(だ、だめ……明日は、視察に出発なさるのに)

これ以上疲れることをさせてはならない。ミルシャはキースの胸に腕を突っ張り、体を離した。

「いけません。ツボをマッサージして熱を下げただけなんです、無理をしたらぶり返すと言ったでしょう？　お願いですから、もうお部屋に戻って休んでください」

「……お前がそう言うなら、仕方がない」

見るからに渋々という様子だったが、キースはミルシャを離し、寝台から立ち上がった。近くの椅子の背に引っかけてあった、黒っぽい生地のマントを羽織る。

「騒がせてすまなかった、ミルシャ。ゆっくり休め」

そう言いおいて、キースは出ていった。扉の閉まる音が部屋に響いた途端に、ミルシャは両肩を落として大きな溜息をついた。

とんでもない話を聞いてしまった。皇帝アレンの中に、もう一人、キースという人格がいるなど、誰が信じるだろう。だが子猿の反応や、消えたり現れたりする引っ掻き傷などは、キースの言葉を信じるならば説明がつく。

(……あれ？　レモンオイルのことは、どうおっしゃってたかしら？)

訊き忘れた。だが追いかけてまで説明を求めるほどのことでもない。アレンが——キースが、視察旅行から戻ったら尋ねてみよう。いや、アレンの帰りを待つ間に、自分でも調べてみるべきかもしれない。

(二重人格っていう『病気』って言ったもの。病気を放っておいたら、よくないわ)

妻として、アレンのためにできることをしたかった。

その翌朝、アレンは帝都から旅立っていった。

残ったミルシャにも、行事出席や慰問など、皇妃としての仕事はあるけれど、皇帝のアレンに比べれば、自由になる時間ははるかに多い。

(病気のことを調べる、教えてもらうとなったら……やっぱり教会よね。施療院《せりょういん》も書庫もあるもの)

心配な病気ではないと説明されたけれど、やはり気になる。二つの心が一つの体を使っていて、健康に差し障りはないのだろうか。アレンはただでさえ、強大な国を統べる皇帝という立場にいて、心労が多い。なのに二つの心が一つの体を使うという無理が加われば、倒れてしまうかもしれない。

(この前アレン様が熱を出していたのって、もしかしたらそのせい……?)

そう思いつくと、いてもたってもいられなくなった。このまま自分が何もせずにいて、アレンがじわじわと弱り、床に伏すようなことがあれば、悔やんでも悔やみきれない。

（やっぱり、訊きに行ってみよう！）

アレンの病気のことは口止めされているので言えない。昔、子供の頃に見た巫女の状態について知りたいという口実がいいだろう。しかし突然子供の頃の思い出話を引っ張り出しては、きっと怪しまれる。

（あの本を持っていくのがいいわね。ついでに施療院へのお見舞いってことにすれば、病気に関することを尋ねやすくなるわ）

帝都の大教会には、医者にかかれない貧者を無料で治療するための、施療院が付属している。施療院や孤児院を見舞って寄付をするのは、王侯貴族の嗜《たしな》みだ。やわらかく焼いたパンや卵や果物を山ほど用意させ、ミルシャは侍女や護衛とともに大教会へと向かった。

施療院を見学し、見舞いの品を渡したあと、ミルシャたちは敷地の反対側にある教会本館へと案内された。広い庭では修道士や司祭が、寄付された品物の仕分けや、農機具の修理や、祭祀に使う道具の手入れをしている。

「貧民街の子供に与える、冬用の服が足りないのです。皇妃様のお力で、なんとかしていただけませんか」

「可哀想に。服そのものでなくても、布地だけでも教会へ寄付できるようにします」

「ありがとうございます。明日の礼拝で皇妃様のために祈りを捧げましょう」

案内役の司教と話しながら、庭を歩いていた時だった。誰かが声をかけてきた。

「これはこれは、ミルシャ皇妃！」

頭のてっぺんから抜けるような甲高い声は、一度聞いたら忘れない。振り向くと、ローブの裾をはためかせて小走りに近づいてくる小柄な姿が見えた。

「コーディエ大公」

「皇妃も教会へご用でしたか。いやいやいやいや、お会いできて嬉しいことだ。なんのご用ですかな？　いやいや、言わずともよろしい、当ててみせましょう。一日も早いご懐妊とお世継ぎ誕生を願っての祈禱《きとう》でしょう⁉　当たりましたでしょう！」

大公という立場にありながら、動作や言葉の一つ一つが軽々しい。舞踏会の日と同じく、ミルシャの右手を両手でつかんでぶんぶん振り回す。

「いいえ、今日は施療院への慰問に参りました」

「おお、喜ばしい。必ずや神は、皇妃のよき行いをご覧になっておいででしょう。そのようにして徳を積まれるほど、お世継ぎを授かる日も近くなろうと……」

「大公は、教会になんのご用でしたの？」

先日のアレンにならって、途中で遮った。でないと大公のお喋りは止まりそうにない。それに、この人とはあまり話をしたくない。しかしその内心は、大公には通じなかった。

「祈禱を受けに参ったのですよ。わしは昔から何か困った時には、この帝都大教会にご加護をお願いしに参る習慣でしてな。ミルシャ皇妃も何か願いがある時は、ここへ来て祈禱をお願いするとよろしいでしょう。霊験あらたかですぞ。ところで施療院への慰問はこれからですかな、それならご案内しましょう。これでも毎週のように来ておりますゆえ、大教会のことなら我が屋敷のことのように詳しいのです」

「いえ、もう慰問は終わりました。あとは教会の方々とお話を……」

「ならば、わしもつき添いましょう。なあに、遠慮はご無用。これでも皇帝のただ一人の叔父、ミルシャ皇妃もわしを身内と思って頼りにしてください」

絶対にいやだ。他のことならともかく、二重人格というデリケートな問題を話そうというのに、大公を交えたくはない。

(この人に知られようものなら、皇宮中に広まるんじゃないかしら)

それは困る。誰かが、アレンのことではないかと疑ったら、本当に困る。

「ありがとうございます。でも私、司教様に相談しなければならないことがあるんです」

「おやおや、知り人のいない異国で心細いことでしょう。わしも同席して……」

「いえ！　身内が……故郷の身内が、病にかかったとかで。帝国の首都にある大きな教会なら立派な施療院があるはず、辺境の小国ではわからない治療法も、誰か知っている人がいるかもしれないとのことで、相談を受けましたの。故国の身内のことです、ご放念ください」

咄嗟《とっさ》の言い訳にしては、なかなかうまく言えた。ここまで言えば引き下がってくれると思ったが、大公はしつこかった。

「皇妃のお身内ならば、我が親族も同然。病にかかったとは、ご心配なことでしょう。いつ知らせが来たのですかな」

「その……鳩《はと》で。私のことなら大公のご親切に喜んで甘えるところですけれど、当人は病のことをあまり広められたくないようなのです。ですから、病気の相談には私一人で参ります。お心遣い、ありがとうございます」

どうにか大公を振り切り、ミルシャは本館に入った。案内役の司教に応接室に案内してもらい、茶菓の接待を受ける間に、世間話を装って、司教に尋ねてみた。

「体の病気じゃなく、心に問題が起きてしまう場合はないんでしょうか」

「心に？　どのような病ですか」

「あの、故郷の母から手紙が来て、可愛がっていた侍女が、おかしなことを言うようになってしまったと……オーグルのような小さな国では何もわからないし、いい医者もいないけれど、帝国ならば何か手立てがあるのではないかと尋ねられまして、それで」

「おやおや、それは皇妃様もご心配でしょう。この教会には自分よりずっと病に詳しい者がおります。訊いて参りましょう」

ミルシャを元気づけるように微笑して、司教は部屋を出ていった。

(ごめんなさい、嘘をつきました。侍女じゃありません。だけど、そういう病気の人がいる

のは本当なんです）

心の中で謝り、もっと病に詳しいという人が来るのを待った。――が、嘘をついた罰が当たったのかもしれない。司教が連れてきたのは、ミルシャが一番顔を合わせたくなかった相手だった。

「大司教!?」

呆気に取られて固まったミルシャに、司教は人好きのする笑顔で言った。

「この教会内で、もっとも病とその治療に関する知識が深いのは、大司教です。半刻程度ならお話しできるそうですよ。私は施療院に呼ばれましたので、ちょっと失礼いたします」

「あ、いえ、あの……」

今日は厄日だろうか。一番会いたくないと思っていたコーディエ大公に引き続き、大司教にまで会ってしまった。大公とは挨拶だけですんだが、大司教とはじっくり話をしなければならない。他の立会人と違い、大司教は淫らな言葉と視線で自分を辱めはしなかったから、ましだと思うべきか。

「施療院をお見舞いくださったそうで、感謝いたします、皇妃」

「あ、いえ……」

「何か、病についてお聞きになりたいことがあると、伺いました。今日はこのあと北部の街にある修道院に行かねばなりませんので、半刻ほどしかお話しできませんが……どのようなことでしょうか」

こうなっては仕方がない。あくまで、故国の母から手紙で知らされた話という体で、二重人格について尋ねた。大司教が考え込む。

「そのような病状をじかに見たことはございらんな。悪魔憑きと称されるものとは、また違うのでしょうかな。それならば取り憑いた悪魔を祓《はら》う儀式がありますが」

「悪魔じゃないです。病気だそうです」

「自分から悪魔と名乗るとは限りませんぞ。人を欺《あざむ》くのは悪魔の常套《じょうとう》手段です。母君に、その侍女をマシュラム神教会へ連れていくよう、伝えなさるがよろしいでしょう」

「いえ、それはちょっと……」

アレンが教会で悪魔祓いを受けたりしたら、帝国中が大騒ぎになる。それに自分には、キースが悪魔の化身とは思えない。

黙り込んだミルシャを見て、大司教が眉をひそめる。

「教会に行くのは、都合が悪いのですかな？」

「母の手紙では、悪魔憑きではなく病気だろうという話でしたし、その侍女はマシュラム神教の信徒ではないものですから」

「……オーグル王国では、王や王妃の身近に異教徒を仕えさせているのですか。そういえば、大陸内の国には珍しく、国教を定めていない国でしたな。皇妃はまさか、異教徒ではありますまいな？」

「違います！　私も、両親や弟妹も皆、神教徒です。ちゃんと洗礼を受けました」

「ならばよろしいのですが、このブレッセン帝国では、神教が国教と定められております。臣民の上に立つ皇妃が異教徒などということは、断じてあってはならぬこと。……その、侍女が異教徒ならば、改宗して悪魔祓いを受けるよう勧めるべきです」

「待ってください。一人の体に二つの心があるといっても、それがすべて悪魔憑きとは限らないと思うんです。オーグル王国では東方の巫女が、死んだ人の魂を呼び戻して自分に宿らせます。その時は一つの体に二つの心が入ってますけど、用がすめば、呼んだ魂は素直に帰っていきますもの。あれが悪魔憑きのはずはありません」

「死者の霊を呼び出すなど、悪魔の所業以外の何物でもありません。それにしても皇妃はずいぶんと、異教の儀式に詳しいようですな」

大司教の声と顔つきが険しくなる。ミルシャの後ろに控える侍女や、扉の横にいる若い修道士から、はらはらしている気配が伝わってきた。ミルシャ自身もたじろいだ。岩を削ったような、角張った顔つきにふさわしく、大司教は厳しい性格らしい。

「いえ、あの……子供の頃、占いの見学に行っただけです」

「神教徒でありながら、異教の儀式を見に行くなど言語道断ですな。辺境の国の王女であられた頃とは違い、ミルシャ様は今はブレッセン帝国の皇妃なのですから、言動には注意していただきたいものです」

話の持っていき方を間違えたと、ミルシャは悔いた。大司教は異教徒には厳しいようだ。この様子では『二重人格』という病気について、何も教えてはくれないだろう。心の病はすべて、悪魔憑きだというとらえ方をしているように思える。

「わかりました。母には、侍女を一度マシュラム神教会へ連れていくように勧めます。お時間を取らせて申し訳ありませんでした」

出立の時刻が迫っているとかで、大司教は応接室を出ていった。

(……あ。いけない、あの本のことを言い出しそびれたわ)

寄付の物品とは別にして、あの古書が入った布包みを侍女に持たせていたのに、渡しそこねてしまった。今さら大司教を呼び戻す気にはなれないし、今日渡さねばならないものでもない。持ち帰ることにしよう。

椅子から立ち上がったミルシャに、侍女がケープを着せかける。案内の司教に連れられて、曲がりくねった長い廊下を進み、本館の出口へ向かった。

あとはこのまま前庭へ出て、馬車に乗り込んで帰るだけ――と思っていたのだが、後ろから数人の慌ただしい足音が近づいてきた。振り返ると、司教や修道士が走ってくる。警棒を持っているところを見ると、大教会の警備担当だろう。

「お待ちください、皇妃様。少々、お伺いしたいことがございます」

妙にとげとげしい表情と声だった。それもそのはずで、応接室に飾ってあった聖像がミルシャの訪問のあと、見当たらなくなったという。

何十年も前に王族の誰かが寄進したもので、掌に隠れるほどの大きさながら、上質の紅玉《ルビー》に当時の名工が聖母の姿を彫り上げた貴重な品だと、彼らは話した。そう聞かされてもミルシャには覚えがない。ややこしい話を、嘘を交えて大司教に相談しなければならないという緊張感で、部屋の様子に目を配るどころではなかったのだ。見ていないと答えたが、警備担当の司教たちは引き下がらなかった。

「大変無礼なお願いであることは承知しておりますが……皇妃のお手回り品を、見せていただけませんでしょうか。聖像がまぎれ込むところを見たと、申す者がおります」

要するに、ミルシャが盗んだと疑っているのだ。カッとなってミルシャは叫んだ。

「誰が言ってるの、そんなこと！　聖像なんか見てもいないわ、疑うなら私の持ち物を、みんな調べ……!!」

調べてみればいい、というつもりで、ケープを勢いよく脱ごうとした時だ。かつん、と硬質な音がして何かが床に落ちた。鮮やかな真紅の輝きが瞳を射る。

司教たちが捜していた聖像だった。

皆が息を呑む。

「皇妃……なぜ、これをお持ちなのですか」

「な、なぜって……知らないわ」

このケープには、飾りとしてたっぷりと襞《ひだ》を取ってある。深いタックに聖像がすっぽりとはまり込み、引っかかったのではないか。ミルシャはそう考えたけれど、司教たちの表情は険しくなるばかりだった。聖像の置き場所は応接室の奥の棚の上で、ミルシャが座っていた席とは反対側だ。偶然まぎれ込むわけはない。しかも嫌疑がかかるきっかけになった証言者は、ミルシャは明らかに犯意を持って盗んだと言っているらしい。

最初は警備担当の者たちを「皇妃に無礼だ、わきまえなさい」と制止していた案内役の司教さえ、ミルシャのケープから聖像が落ちたのを見てから、疑念がむき出しになった目をこちらへ向け、険しい口調で言った。

「皇妃は異教徒と親しいそうですな。聖像を教会から持ち出して、教会の権威を傷つけようという意図があったのではございませんか」

「なっ……冗談じゃないわ！　私、こんな聖像なんて知りません‼」

「これは、いかに皇妃でも聞き捨てならぬおっしゃりよう。帝都大教会の大事な聖母像を『こんな聖像』呼ばわりとは」

「違います！　そういう意味じゃなくて、全然知らないという意味で……‼」

「聖母を知らないと？　形だけの神教徒と、自白したも同然ですぞ」

自分が聖像に触っていないことを強調するための言葉で、聖母を軽んじる意図ではなかったのに、言葉がすべて裏目に出てしまう。

「場所を変えて、ゆっくりお話を伺いたいと思いますが、いかがでしょうかな」

「お、お話も何も……私は知らないんですってば！」

侍女が庇《かば》うように、ミルシャの前に身を乗り出す。

「おかしな疑いをかけるのはやめてください！　この方をどなたとお思いです、帝国の皇妃様ですよ!?　望めばなんでも手に入るお方が、盗みなどなさるわけがありません！　盗癖のような、心の病でもない限りは……!!」

叫びつつ、侍女は前を塞ぐ司教たちを押しのけようとした。その拍子に、彼女が持っていた籠から布包みが落ちた。結び目がほどけて中の書物が落ちる。古びてはいても、革表紙に金文字の表題はいかにも由緒ありげだ。一人が身をかがめ、題字を声に出して読んだ。

「『神教古伝』二十六巻？　こ、これは！　こんな物を、いつの間に……」

「宗教書はすべて、書庫にあるはずなのに、どうやって持ち出したのか」

皆が自分に向けてくる視線は嫌悪を通り越して、犯罪者を見る目つきに変わっている。ミルシャはとんでもない誤解をされたことに気づいた。

「待って！　それは違うの、私は盗みなんかしてないわ!!　皇宮の中でその本を見つけたから、本物かどうか教会で調べてもらうつもりで、持ってきたのよ！」

「ではなぜ、そのまま持って帰ろうとしたのですか」

「嫌疑が晴れるまで、皇妃を教会からお出しするわけにはいきません。大教会の聖像や書物を盗もうとした異教徒と、皇帝の結婚を認めたとあっては、帝都大教会の汚点となります。嫌疑が晴れるまで、教会内にとどまっていただきます」

言葉だけは丁寧さを保っていたが、内容は勾留《こうりゅう》宣言だった。

教会の中は一種の治外法権だ。国の法律さえ、しばしば教会の権威の前に無視される。教会の中にいる以上、皇妃といえども無力だった。まして今、自分を守ってくれるアレンは、帝都を遠く離れている。

ミルシャは侍女から引き離され、ただ一人、帝都大教会の地下室に監禁された。

異教徒と疑われ、聖像や書物を盗んだという疑いをかけられたのだから、牢獄《ろうごく》でなかっただけましなのかもしれない。だが土を押し固めただけの床は底冷えがするし、藁布団《わらぶとん》は湿っぽくて、身を横たえる気になれなかった。

書物を盗んだと疑われたことは、まあいい。持ってきたのに渡すのを忘れただけだし、アレンが戻れば、本の発見経過を証言してもらえるから、すぐ疑いは晴れるだろう。

（……だけど、聖像は？　私は盗んだりしていない。第一、応接室に置いてあったことさえ、気がついていなかったのよ）

なのに聖像はミルシャのケープから落ちた。しかも自分を呼び止めた司教たちは、最初からミルシャを疑っている様子だった。

誰かが自分に罪を着せようとしたのではないだろうか。手の中に隠せる程度の、小さな像だ。タックの多いケープにすべり込ませたのに違いない。そのうえで、ミルシャが怪しいと密告した、そう考えれば筋が通る。

(今頃、皇宮では大騒ぎね)

監禁されたのは自分だけだ。侍女は前庭に待たせていた馬車で、皇宮へ戻って、ことの顚《てん》末《まつ》を報告したはずだ。だが厄介なことに、今アレンは辺境視察の旅に出ている。早朝に出発したから、皇宮から早馬を飛ばしても、知らせを聞いたアレンが帝都へ戻るまで二日はかかるだろう。

(その間、ここで待ってなきゃだめなのかしら……寒いし、食べ物もお水も出てこないし)

かといって大声をあげて人を呼び、飲食物を要求するなど、みっともなくてできない。ベッドの上に座り直し、壁にもたれて目を閉じた。

そのうち、うとうとと眠ってしまったのかもしれない。どれほど時間がたったのか、大きなくしゃみが出て目が覚めた。

(やだ、風邪《かぜ》引いちゃった?)

自分の両腕をこすりながら、なんとなく周囲を見回した時、遠くから騒がしい気配が伝ってくるのに気づいた。誰かが大声でどなっている。

(アレン様……?)

跳ねるように立ち上がりかけて、そんなはずはないと気づいた。アレンがここに現れるわけはない。不安と恋しさによる幻聴だろうと、溜息をこぼして再び座り込んだ。しかし、

「ミルシャ！　ミルシャ、どこにいる!?　返事をしろ！」

また聞こえた。自分を案じ必死で探す響きが、声ににじんでいる。もう幻聴でもいい。ミルシャはもう一度立ち上がり、分厚い扉の向こうへと叫び返した。

「アレン様ーっ！　ここです、ここにいます!!　お願い、助けて……!!」

上から響いてきた足音が一瞬止まった。声がとどいたのだろうか。ミルシャは声を張り上げ、脱いだ靴のヒールで扉を叩いた。

やがて靴音が階段を駆け下りてきた。鍵《かぎ》の回る音が響き、扉が開く。

「ミルシャ、無事かっ！」

扉の外にいたのは、まぎれもなくアレンだった。

「アレン様ぁ！」

ミルシャは泣きながら飛びついていった。ぎゅっと抱きしめてくれる腕の力も、頼もしい広い胸も、自分がよく知っているアレンだ。

幻覚ではない。アレンが助けに来てくれたのだ。

「歩けるか？　いや、いい。無理をするな。連れていく」

抱き上げられた。涙に濡れたミルシャの目に、司教や司祭がうろたえ騒いでいるのが映っ

た。皇帝のアレンが乗り込んできたことに騒いでいるのかと思ったが、

「本当にミルシャ皇妃が……」

「もう帰られたと聞いていたのに、どうしてこんなところに？」

などという声が混じっている。どうやら教会にいる者の大部分は、ミルシャがとらわれて監禁されたことを知らなかったようだ。自分に関して、誰かが何かの陰謀をめぐらせたことは間違いない。

（どうなってるの？　でも今はそれより、皇宮に戻って休みたい……）

ミルシャはアレンの胸に頭を預けた。心臓の鼓動が伝わってくる。安堵のあまり、閉じたまぶたの間から涙がこぼれた。


人目につくことを嫌ったのか、アレンは下級貴族が使うような質素な馬車で、教会に来ていた。ミルシャは馬車の中でもずっとアレンに抱きしめてもらって、皇宮内の自分の寝所へ戻った。侍女は下がらせて、二人きりだ。

アレンがミルシャをベッドまで抱いて運び、寝かせてくれた。ベッド際に引き寄せた椅子に座って、真顔で話しかけてきた。

「よほど怖い目に遭ったようだな。まったく、このお転婆が……」

「ごめんなさい、アレン様」

「……今の人格は、キースだ」

「キース様……ごめんなさい。助けに来てくださって、ありがとうございます」

アレンと呼ばれるのが嫌だと言って、秘密を教えてくれただけあって、キースと呼ぶと表情をやわらげて、ミルシャの頭を撫でてくれた。

「俺が教会内部にスパイを飼っていなかったら、どうなっていたかわからないぞ」

「スパイ？」

「金をやって、教会内部の動静を報告させている。情報収集は王侯貴族の嗜みだ」

そのスパイから知らせがあったのだという。

『皇妃が聖像を盗もうとした嫌疑をかけられた。騒ぎになるといけないからと表沙汰《おもてざた》にはなっていないし、教会内でさえ大部分の者は知らない。だが皇妃を、皇宮に何も知らせないまま教会に留め置くのはおかしいのではないか』

しかも最高責任者の大司教は、外出してしまったという。鳩に託された密書で異変を知ったキースは、アレンの人格を眠らせ、すべての予定を放り出して教会に駆けつけた。

「俺を案内した司教どもは、お前が監禁されていることを知らなかったようだな。皇妃は馬車で帰ったと言っていた。強引に中へ入って、お前の名を呼びながら教会中を探し回っていたら、返事が聞こえたんだ。いったい何があった？」

ミルシャは今日自分の身に起こったことを話した。大司教との考え方の違いから論争したこと、帰り際に盗みの嫌疑をかけられたこと。まったく知らないのに、自分のケープから聖像が出てきたこと——。

「それから、ピムが見つけた古書を取り上げられてしまいました。宗教書だったからか、あれも教会から盗んだ物だと間違われたんです。渡すつもりで持っていったのに、大司教と言い争いになったら、忘れてしまって……」

「お前らしいな」

キースが駆けつけてきたのは、皇宮に『皇妃は特別な祈禱を受けるので、帰りは予定よりずっと遅くなる』という知らせがあったためだ。スパイの話と食い違っていたので、心配になって教会へ乗り込んだのだという。

危ないところだったと気づいて、ミルシャは溜息をついた。自分が盗みの嫌疑をかけられる場面をスパイがたまたま見ていなければ、キースは来てくれなかったかもしれない。

（……あら？　どうして、皇宮へ来た連絡の内容を知ってるの？）

違和感が心に刺さる。皇帝は辺境視察に出ていたはずなのだ。だがミルシャが疑問を口に出すより、キースの言葉の方が早かった。

「怪しいのは、お前の供をした侍女だな。皇妃が祈禱を受けると報告してきたのは、その女だ。あともう一人ぐらい、教会側に協力者がいれば、お前に罪を着せることは簡単だ」

「でもどうして、そんなことを……」

「わからない。ただ、あくまで仮説だが……お前はもしかしたら、殺されるところだったのかもしれない」

「!?」

予想もしなかった言葉に、ミルシャは大きく目を見開いて固まった。キースが考え考えといった様子で、推測を口に出す。

「未遂に終わった聖像の盗難ごときで、皇妃を追いつめるのは難しい。教会がいくら主張しても、皇宮側が強硬に求めれば、お前を釈放するしかないだろう。その見返りはせいぜい、高額の寄付だ。しかしもし濡《ぬ》れ衣《ぎぬ》を着せたという証拠か証人が出てきたら、立場は逆転する。教会は皇宮に対し、とても大きな弱みを背負う羽目になる。……そう考えると、お前に罪を着せるリスクと、得られる結果が釣り合わない。しかし」

手を伸ばしてミルシャの額に触れ、そっと撫でながらキースが呟く。

「お前を殺してしまえば、死人に口なしだ」

「わ、私を殺すのが目的だったんですか？　なんのために？　それにわざわざ教会へ出かけたところを狙《ねら》うなんて……」

「皇宮で皇妃が殺されたら、犯人捜しが始まるだろう？　しかし盗みがばれて恥じ入った皇妃が、毒を飲んで自殺したなどの形に仕立てれば、話は別だ。醜聞を避けるため、皇宮側が病死にしてくれる」

ミルシャの手足が冷たくなった。監禁されて、空腹で喉が渇いていた。水を与えられたら、毒入りかなどと考える前に、一気に飲み干したかもしれない。危ういところだったのだ。

不安に駆られたミルシャは、布団の中から手を出して、キースの手をぎゅっと握った。

「誰が、なぜ私を……？」

「わからない。お前との結婚に反対していた者は多いからな。……今は考えるな。休め」

キースが優しく握り返してくれる。

「しかしお前、なぜ教会に行ったんだ？」

「施療院の慰問に……」

「嘘をつけ。大司教とは顔を合わせたくないと言っていたじゃないか。……答えるんだ。理由があったんだろう？」

瞳を覗き込まれて、ミルシャは白状した。

「キース様、この前、二重人格っていう病気だっておっしゃったでしょう？」

「それがどうした」

「私が知っているアレン様と、今こうして話しているキース様、その二人分の心が、一つの体に入っているのは、無理がかかるんじゃないかって思って……この前も、熱があるのにお仕事をなさってたし。病気や怪我のことに一番詳しいのは教会だから、二重人格をなんとかする方法がわからないかと思ったんです。無理を続けていたら、いつか倒れるかもしれないって、心配で」

残念ながら話の持っていき方に失敗して、一人の体に二人の心が入っているのは悪魔憑きとしか言ってもらえなかった。大司教と論争のあと、帰ろうとしたら盗みの嫌疑をかけられ、監禁されたのだ。

話を聞いたキースは、深い溜息を一回ついた。それだけで何も言わない。

「キース様……やっぱり、怒ってらっしゃるの？」

「ミルシャは、俺がいない方がいいのか」

思いがけない言葉に、ミルシャは跳ね起きた。ベッド際のキースへにじり寄る。

「な、なぜですか!?　なぜ、そんなことをおっしゃるんです。私、そんなつもりは何も……!!」

「一つの体に二つの心は不自然、一つの心が望ましい。つまり俺かアレンか、どちらかが消えるべき、そういうことだろう？」

「そんなこと……考えてません。病気なら治さないと、体まで弱っちゃうと思って、治療法を探しただけです。キース様とアレン様、二つの心が合わさって、一つになるんじゃないんですか？　消えちゃうんですか？」

「あいつと一つになるだと？　やめてくれ、考えただけでも胸が悪くなる」

「でも体は同じなんですもの。私、心配なんです。体に無理がかかって、倒れてしまったらと思うと……教えてください。私に何かできることはありませんか？」

ダークブルーの瞳が、懇願するミルシャを映して、苦しげに歪む。そのあとキースは横を向き、苦笑した。

「つまらない嘘をつくものじゃないな」

「何かおっしゃいました？」

「なんでもない。……それよりミルシャ」

言葉を切って、キースは椅子に座り直した。ミルシャを見つめて問いかけてくる。

「キースかアレンか、どちらか一人だけを選べと言ったら、どうする？」

「え……」

「どちらか一人しか選べず、選ばなかった方は消えてしまうとしたら……俺かアレンか、どちらを選ぶんだ、ミルシャ？」

口調は笑いを含んでいるけれど、ミルシャを見つめる瞳には真剣な色があった。

「どちらをって、そんな……」

簡単に選べるような話ではない。そもそも『二重人格』と聞いたのが、つい昨日だ。

若き皇帝として国を支え、気を張るあまりに時々余裕なさげなアレンは、見ていると苦しそうで、何か自分にできることはないか、支えられないかと、やきもきせずにはいられない。

母性本能を刺激されるとでもいうのだろうか。熱が出た時、ツボ押しと香油で楽になったとアレンが喜んでくれた時は、本当に嬉しかった。

だがキースのことも、もちろん嫌いではない。夫以外に肌を許したかと思って、自決しようかと考えた時、必死になって自分を制止したキースの真剣な様子には、心を打たれた。それに愛撫が優しい。自分を気遣ってくれるからこそだと思う。『普段はアレンの中に隠れていて、外に現れるのはわずかな時間だけ』と聞いて、可哀想だと感じ、愛おしく思い始めた。

どちらかを選ぶなど、無理だ。

返事に困ってうつむいたら、髪を優しく撫でられた。

「すまない。困らせてしまった」

「い、いえ。でも……決められないです。選ぶなんてできません。それに、二人分の心といっても、本当はお一人なんでしょう？　それを思うと、私……」

「いいんだ。つまらないことを言った俺が悪かった。さっきの話は忘れてくれ」

そう言ってキースが立ち上がった。

「戻らなければならない。お前はゆっくり休め。俺が視察をすませて帝都へ戻るまでは、病気と称して部屋にこもって、誰にも会うな。身のまわりの世話は、信用できる者にさせろ。そうだな、侍女の中だと、フリック夫人やモルト夫人がいいだろう」

「は、はい」

言う通りにすると答えると、キースはホッとしたように微笑し、またミルシャの頭を撫でた。指が髪をくしけずり、愛おしむように頬を撫でる。手つきは優しいのに、暗青色の瞳は暗い気配をたたえている。溜息のあと、独り言めいたかすかな声が漏れた。

「本当に……こんなことになるなら、つまらない嘘をつくのではなかった」

「え？」

「いや、なんでもない。……教会でのことは、アレンには言うなよ」

ミルシャに優しく羽根布団を着せかけ、肩口を軽く押さえてくれた。いたわりのこもった仕草だ。

部屋を出ていこうとするキースに向かい、ミルシャは尋ねた。

「キース様……どうしてあんなに早く、教会においでになることができたんですか？」

どうにも気になっていた。皇帝の一行が帝都を発ったのは早朝だ。自分がとらわれたのは夕刻に近かった。たった一刻ほどの間に、スパイからの知らせを受け取って帝都へ引き返すことなど、できるはずはない。最初にキースが現れた時は、恋しさのあまりに幻を見ているのかと思ったほどだ。けれど抱きしめられて、本物だとわかった。――いったい、どんな方法を使ったというのか。

部屋を出ながら、キースが振り向く。

「空を飛んだ」

「またそんなことを言って。からかわないでください」

「お前を助けたかったんだ。……すべてが破綻《はたん》するとしても」

「え？　破綻って、なんですか？」

「いずれわかる。おやすみ」

寂しげな瞳でキースは微笑した。彼の言葉には謎《なぞ》が多すぎる。だがミルシャが問いかける前に扉が閉まり、整った顔は見えなくなった。

4

ミルシャはその後、四日間寝込んだ。芝居ではなく、心身に染みついた緊張と疲労のせいだろう。何度も悪夢にうなされた。

皇帝が一時的に帝都へ戻ってきて、教会に監禁されていたミルシャを助けたことは、なかったように扱われていた。だがお気に入りのケープには、聖像の手が引っかかってできた穴があいている。あの出来事は現実だ。

(キース様は『破綻』って言ってたけど……どういうことなの?)

あの時のキースの表情を思い返すと、自分を包む世界が壊れてしまいそうな予感に、不安になる。だが何をすればいいのか、わからない。

そうして待つうち、アレンは予定通りに帰国した。

群臣とともに皇宮前の帝都中央広場に出て、ミルシャは皇帝一行を出迎えた。西に傾きかけた日差しを受けて馬車から降り立つアレンは、美しく頼もしげで、若き君主の理想像そのものだ。

「お帰りなさいませ、アレン様」

「熱を出して寝ついていたそうだな。もう大丈夫なのか?」

「は、はい。昨日で治りました」

「そう聞いて安心した。お前の元気な姿を見ていると、こっちも元気が出る」

笑顔でミルシャの挨拶に答え、頬にキスをしたアレンの態度は、きわめて明朗だ。秘密を共有している気配は感じられない。アレンにつき従う近衛兵や書記官の表情も平静だった。皇帝が突然、視察旅行から引き返して帝都に戻ったのなら、側近の一人二人は気づいて協力したはずなのに、誰一人そんな様子は見せなかった。

(どうしたらいいのかしら……)

二重人格が体を弱らせるのではないかという心配、どうやって視察の旅から帝都へ戻ってきたのかという疑念、誰かが侍女を抱き込んでまで自分を排除しようとしているという恐怖——それをすべて、自分一人の心にしまい込んでおかねばならない。考えるより行動する方が得意なミルシャにとっては、つらい。

「アレン様……」

名を呼び、じっと瞳を見つめた。今、体を使っている人格がキースならば、なんらかの反応を示すはずだけれど、「どうした?」という返事しかない。今、体を使っている人格はアレンのようだ。ならば教会から助け出してもらったことについては、話せない。

ミルシャは目を伏せた。

「いえ……ご無事に帰ってきてくださって、よかったです」

胸が詰まって、それ以上言えなかった。

帰国を祝う舞踏会の途中、アレンは疲れたと言い立てて、ミルシャを連れ、早々に寝所へ引き取った。もちろん疲労は宴《うたげ》を抜ける口実にすぎない。

寝所に入って二人きりになると、アレンはミルシャをベッドに押し倒し、ドレスを荒々しく剝ぎ取った。

「んっ……」

頭を押さえられ、唇を重ねられた。熱い舌が性急に、唇の間をこじ開けて侵入してくる。唾液の味も、抱きしめる腕の力も、愛おしいアレンのものだ。キースとは、微妙に違う。キースは焦らしながら丁寧に愛撫を加えてくる。やはり心が別々だから、愛撫の仕方も変わるのだろうか。

(同じ体に二人の人がいるなんて……)

キースが教えてくれない方がよかったと思う。ついつい比べてしまうけれど、アレンとキース、どちらかを選ぶことなどできない。

唇が離れた。ミルシャはアレンに問いかけた。

「視察の間に、変わったことはありませんでした？　夢ででも、こちらへ戻ってきてくださったりとか……」

「戻れるものなら戻りたかったとも。だが残念ながら強行軍で疲れ果てて、夢も見ずに眠っていた。帰国してお前と睦《むつ》み合うことを、一番の楽しみにしていたんだ」

だとすると、教会へ来て自分を助け出してくれたのは、どういうことなのか。

「どうした？　どうも様子が変だな」

「い、いえ。何も」

不安で苦しくて、けれど留守中の出来事を話すこともできない。視線を逸らしたら、アレンが上体を起こした。

「やはり、体調がよくないんじゃないか？　今夜はやめておこう。添い寝してやるから、ゆっくり休め。お前はどうかすると無理をしそうで、心配だ」

ミルシャの心臓がきゅうっと疼いた。アレンに愛されていることを実感して嬉しい一方、隠し事があるのが心苦しい。

（でもキース様に口止めされてるし……）

自分の体にもう一人の人格がいると知ったら、アレンはひどいショックを受けるから言うな――そう釘《くぎ》を刺されている。

「アレン様……」

言いたいのに言えない苦しさに胸が塞がる。ただ名を呼んで、ミルシャはアレンを見つめた。アレンが「ん？」と短く問いかけたあと、暗青色の瞳を優しく微笑ませた。

「もう一回キスするくらいは、いいだろうな」

ミルシャを抱き寄せて、唇を重ねてきた。舌を入れ、舌にからませて強く吸ったあと、口蓋や歯茎を舐めてくる。

「んんっ、う……ふ……」

鼻にかかった喘ぎがこぼれる。心地よくてたまらない。唇を重ねるたびに、アレンを慕う気持ちが強くなる。ミルシャは自分からアレンの背に腕を回してすがりついた。

(愛してます。お慕い申し上げています、アレン様……)

その心に嘘偽りはない。

だがキースが口にした『破綻』は、その翌日に訪れた。


「ミルシャ！　ミルシャはいるか!!」

厚い扉の向こうから響いてきた声に、ミルシャはびくっとして針を持つ手を止めた。今日は行事の予定が何もないため、アレンの上着に刺繍《ししゅう》を施していた。針仕事は不得手だが、夫の衣類を美しく飾るのは妻の役目と、輿入《こしい》れの前に母に言い聞かされていた。

指にいくつも傷を作りつつ、時間はかかっても綺麗に仕上げようと、刺繍を続けていた時、怒声が響いてきたのだ。

侍女たちが顔を見合わせる。

「何事でしょう」

「陛下があのようにどなっておいでなのは、久々のことにございます」

ということは、以前のアレンは、あんなふうにどなることもあったのだろうか。結婚以来、初めて聞いた。

ミルシャの硬直が解けないうちに、扉を引き開け、アレンが大股に入ってきた。

「まあ、陛下。いかがなさいましたか」

「そんな大声を出されて、皇妃がびっくりしておいでです」

よほど怒りが深いのか、なだめる侍女たちには見向きもせず、アレンはミルシャの前に来て、腕をつかんだ。

「訊くことがある。来い」

「え……あ、あの、いったい……」

「来い！」

短い言葉に、凄まじい怒りがこもっている。

「い、痛い……アレン様、痛いです」

腕に食い込む指の力に、ミルシャは呻いた。けれどもアレンは手をゆるめてくれない。ミルシャを引っ張って立ち上がらせ、部屋を出る。

連れていかれたのはアレンの寝所だ。アレンが小姓や侍従を追い払った上、内鍵を閉めたので、真っ昼間から始めるのかと怯えたけれど、そうではなかった。部屋の奥の大鏡に近づき、枠の彫刻にアレンが何かすると、鏡は音もなく横にすべり、隠し階段が現れた。

「ど、どこへ行くんですか？」

「黙ってついてこい」

片手にランタン、もう片方の手はミルシャの腕をしっかりつかまえて、アレンは階段を下りた。四、五階分は下りただろうか。そのあとは平坦な通路になった。

ずっと無言だったアレンが口を開いた。

「朝から大司教が訪ねてきた。俺が辺境視察に出た日、お前は大教会へ行ったんだな」

「……っ……」

「大司教は『行き違いで、皇妃に盗みの嫌疑をかけ、監禁してしまった』と詫びに来たんだ。もっともその時、大司教は用で外出していて、お前を監禁したのは下の者が行ったことだそうだが。それから持っていった書物がどうとか言っていたが、そんなことはどうでもいい。問題はそのあとだ。……監禁されていたお前を、教会から連れ出したのは」

言葉を切ったアレンの口元で、ぎりっと音が鳴る。歯を噛みしめたのだろう。首を曲げてミルシャが見上げた横顔は、頬がそそけだって青ざめていた。

「俺だったと……その場にいた教会の人間すべてが、皇帝だったと証言している。お前はどうなんだ。どう思っているんだ」

噴き出しそうな怒りを無理矢理抑え込んでいるかのような、かすれた声だった。

「どう思う、って……」

「俺が、空を飛ぶかどうかして、急遽《きゅうきょ》帝都へ戻ったとでも思っていたのか。それとも教会に現れたのが、俺と同じ顔の別人だと知っていたのか？」

「別人!?」

予想もしない言葉だった。しかもアレンの言葉からすると、『同じ顔の別人』がいることを承知しているとしか思えない。

(別人って、そんな……)

キースの言った『一つの体に二人の人格』とは、まったく意味合いが違う。

驚きがむき出しの表情と声から、ミルシャは別人の存在を知らなかったと確信したらしい。

アレンが苦しげに顔を歪めた。

「俺が大急ぎで帝都へ戻ったと、思い込んでいたんだな。くそっ……お前に、奴のことを、話しておけばよかった」

その言葉が、ミルシャの記憶を刺激した。プロポーズされた夜、アレンと老侍従長の話の中に何度か『奴』、『あいつ』という言葉が出てきた。誰のことなのだろうと思っていたが、その後の慌ただしい日々の中で忘れていた。

(誰のことなの？　キース様？　でもキース様は、アレン様の体の中にいる、別の人格だって言ってたのに)

アレンに尋ねたくとも、再び唇を引き結んで押し黙った表情は、あまりに厳しくて、声をかけることなどできない。やがて通路が上り階段に変わった。一階分ほど上がって、アレンが扉を開ける。出てみた先の小部屋はがらんとして薄暗く、空気がひんやりしている。

「ここ、どこですか？」

「皇祖廟……代々の皇族の棺《ひつぎ》が納められた塔だ。さっきの通路は、敵が皇宮へ攻め入った時に逃げるための地下道で、皇宮の要所要所と外をつないでいる」

棺の安置場所と聞いた途端に、室温がぐっと下がった気がした。ミルシャはアレンの腕にしがみついた。

「ゆ、幽霊とか、いませんよね？」

「心配するな。子供の頃から出入りしているが、ここで幽霊を見たことはない。……幽霊よりずっと厄介な奴が住んでいるだけだ」

言いながらアレンが小部屋のドアを開ける。先には広いホールが続いていた。

(……あら？　音楽？)

誰かがリュートを弾いている。棺が納められた塔には似つかわしくない、明るく軽快な曲調だ。アレンも弦楽器の音に気づいたらしい。「あいつめ」と呟いて、舌打ちした。ミルシャを引っ張り、奥の上り階段へと向かう。

「最上階だ。来い」

「い、痛いです。そんなに引っ張らないで……」

アレンは返事をしない。それでも少しだけ歩幅を縮めてくれたのは、ミルシャへの気遣いだろうか。螺旋《らせん》階段を上っていくと、足音がよく反響する。上でリュートを弾いている人物に聞こえないはずはないのに、音楽が止まる様子はない。

何階分ほど上ったか、階段が終わり、狭いホールの先に、頑丈そうな樫《かし》の扉が見える。ぶら下がった大きな錠前に鍵を差し込んで外し、アレンは勢いよく扉を開けた。

こちらに背を向け、肘掛け椅子に座った青年の姿が見えた。髪の色も背格好も、アレンにそっくりだ。

(まさ、か……そんなはず……)

不安に震え、ミルシャは青年から目を逸らした。

皇妃である自分の部屋よりさらに贅を尽くした、豪奢な居室だ。

床には細密な絵が織り出された最高級の絨毯が敷かれ、天井からは黄金とクリスタルガラスで作られたシャンデリアが下がっている。天蓋つきのベッドに螺鈿《らでん》のテーブル、七宝《しっぽう》の花瓶など、どの家具も繊細で美しい。

壁にかけられたカーニバルの仮面がミルシャの視線を吸い寄せた。結婚式を回廊から見下ろしていた貴族の青年、そして舞踏会の時にいた道化が、身につけていた仮面だ。つまりこの主《あるじ》が、あの面をつけて変装し、出没していたということなのか。

意を決してミルシャは、リュートを弾いている青年に、視線を戻した。輝く金髪、耳の形、広い肩——見れば見るほど似ている。

(そんな……そんなはずないわ。だって……)

キースは言ったのだ、自分はアレンと同一人物だと。

(二人いるはずは、ないのに……!!)

青年が振り向いた。その口元には、嘲《あざけ》るような笑みが浮かんでいる。

「ようこそ、アレンにミルシャ。挨拶が遅れたな、結婚おめでとう」

「嘘……っ！」

ミルシャの声は悲鳴に近い。アレンがつかんでいた手を離した。

「やはり、ミルシャは何も知らなかったのか……」

呻くように言い、アレンは自分と同じ顔をした青年に歩み寄った。胸倉をつかみ、引きずり起こしたかと思うと、横面を殴りつける。

青年が吹っ飛んだ。手を離れたリュートが床に転がり、びぃん……と濁った音をたてる。

「きゃ……!!」

思いがけない暴力的な光景に、ミルシャはすくんだ。青年が身を起こし、口元の血を拳で拭って笑った。

「顔を殴る奴があるか。いざという時の身代わりが務まらなくなるぞ」

「ふざけるな！　何が身代わりだ、なんのつもりで勝手に俺のふりをした⁉　俺が帝都を離れている時に人前に出たりして……ばれたらどうする気なんだ！」

ミルシャの体が震え始める。キースは、アレンの体の中にいる別人格などではなかった。別の人間だったのだ。

（私、アレン様に抱かれてるつもりで……この人に？　夫以外の人に、体を許したの？）

知らずに犯した罪の深さに、体が冷たくなる。泣きそうな声がこぼれた。

「キース、様……どうして？　二重人格って、言ってたのに……心は違っても体は同じで、同一人物だから、不貞にならないって、言ったのに……嘘、だったの？」

アレンが音をたてて息を吸う。

「ミルシャ、お前……こいつに……」

答える余裕はミルシャにはない。キースを見上げて問いかけるのが精一杯だ。その声さえ、かすれて震えていた。

「あなたは、誰……？」

「キース・イグリース。アレンの双子の兄だ」

「双子!? で、でも、帝国では双子はよくないって……」

「だからこそ表沙汰にできない存在として、この塔でひっそり暮らしているんだ」

苦々しい口調でアレンが言い、キースをにらみつける。

「お前、ミルシャを盗んでいたんだな……？」

「なんだ、わかっていたから殴ったんじゃないのか？　ミルシャはとっくに俺の妻だ」

「貴様ぁっ！」

再びアレンが殴りかかる。だが今度はキースが素早く横に動いてよけた。

「一発は殴らせてやったが、何度も痛い思いをするのはごめんだな」

キースがミルシャに視線を向け、口元を歪めて笑った。アレンにはない、ひねくれた笑い方だった。

「ミルシャ、間抜けなご亭主に教えてやったらどうだ？　お前の処女を奪ったのは、アレンではなくて、この俺……」

「いやぁあ、言わないでぇっ！」

耐えきれなくなって、ミルシャは絶叫した。顔を覆った手を外し、キースに視線を向けたけれど、涙がぼろぼろこぼれ落ちて視界が歪む。

「嘘、ついてた、の……？」

キースはいつも優しかった。別人ではないかと感じた自分が、夫以外の男性に抱かれた罪を恐れて自決を考えた時には、ひどく焦って制止していた。あの時の表情が真剣だったから、二重人格という突拍子もない病名を聞かされても、信じる気になったのだ。

あれがすべて、嘘だったというのか。

「ずっと、騙《だま》して……どうしてそんなことをしたの？」

初めての時、ミルシャの苦痛を気遣いながら、どこまで進めていいかを探るような優しい愛撫は、偽りの上に組み立てられたものだったのか。アレンだと信じきって、愛の言葉を口にしつつ抱かれた自分を、内心ではどう思っていたのだろう。

キースの笑みが皮肉っぽく歪む。

「花嫁があんまり馬鹿で単純そうに見えたから、どこまで騙せるか試してみたんだ。結婚式の時から、ぽわーんとした顔でアレンを見上げて、幸福そうに浮かれきって……。まあ、この俺が本気でアレンのふりをしたんだから、違うと見抜けなかったのは仕方がない。それでも回数を重ねれば、気づくかと思ったんだがな。いくら双子とはいえ、多少の違いはあったはずだ。声とか、夜の仕草とか、形や大きさとか」

下卑た言葉をからかい混じりに言われ、ミルシャの顔が燃え上がるように熱くなった。

何か違う、と思ったことはあった。自分を貫く牡が、奥深くまで届くほど長いと感じる時もあれば、奥までは来ないけれど、入り口の粘膜が引きつるほど太いと感じることもあった。愛撫のやり方も、ある時は自分を焦らすように丁寧だったけれど、また別の時には、荒々しく強引だった。

それでも抑えきれなくなった違和感を消したのは、キースの説明だったのだ。

「だって……だって、同一人物だって言ったから……二重人格っていう、病気って」

「二重人格だと？　そんなたわけた話を、信じたのか？」

アレンが大きく目を見開いて、ミルシャに問いかけてくる。

「二人いると考える方が、当たり前だろう。辺境視察に出ているはずの皇帝が、帝都にいたことがおかしいとは思わなかったのか」

「で、でも……」

面白そうな笑い声がミルシャの鼓膜を叩いた。キースだった。

「あんなでたらめを信じたことに驚いたな、俺は。別人だと気づかれた時は、絶対にばれたと思った。苦しまぎれに、以前聞いたことのある『二重人格』という言葉を引っ張り出してみたんだ。最初はなかなか信じなかったが、同じ一つの体だから、別人に肌身を許したことにはならないと言ったら、この馬鹿げた話を受け入れた。……まったく、単純すぎてつまらなかったよ。張り合いのない女だ」

「……っ……」

ひどい侮辱に息が詰まる。胸が苦しい。床に突っ伏したミルシャの耳に、静かな怒りにわななくアレンの声が聞こえた。

「ミルシャは完全に被害者だな。貴様がひがんで、何も知らないミルシャを陥れたということか。くそっ……影武者の存在を話しておくべきだった」

「影武者呼ばわりは切ないな、アレン。立場が逆になっていた可能性もあるんだぞ」

「黙れ！　皇妃を盗んで、ただですむとでも思っているのか!!」

「ではどうする、アレン。俺を投獄するか？　普通の牢獄へ入れたら、国中大騒ぎになる。現皇帝は、忌むべき双子の生まれだったと知れ渡ってしまう。いいのか？」

「……っ……」

「それともここで幽閉を続けるか？　今までの暮らしと大して変わらないから、俺にとっては痛くも痒《かゆ》くもないな。ははは……皇帝陛下もお気の毒に。妻を盗まれ、最悪な侮辱を受けたのに、何もできない。本来なら縛り首か火炙《ひあぶ》りでもおかしくない重罪だというのに。日陰の身もこうなると悪くないものだ。強大なブレッセン帝国の皇帝が、双子の噂が広まるのを恐れて、俺にだけは何もできないとは」

キースはなおもアレンを嘲り続ける。アレンがぎりっと音をたてて、歯を噛み鳴らした。

「投獄はできなくても、貴様を処刑することならできる……!!」

食いしばった歯の間から声を押し出すのと、帯びていた長剣を抜き放つのと、どちらが早かっただろうか。剣が鞘走る音に、ミルシャはハッとして顔を上げた。

アレンが、自分と同じ血を引く、同じ顔、同じ姿の兄に向かって、剣を振りかぶるのが見えた。――殺す気だ。

「やめてぇえーっ！」

絶叫が口からこぼれる。その瞬間、張り詰めていたミルシャの心の糸は、ぷつりと切れた。

意識は、急速に暗転した。

「ミルシャ!?」

「どうした、しっかりしろっ!!」

アレンとキースの声を聞きながら、ミルシャは気を失った。


目が覚めた時には、自分の寝所に連れ戻されて、寝かされていた。ベッド際にはアレンがいる。いや、キースだろうか。

(……ううん、違うわ。こんな哀しい眼をするのはアレン様だもの)

アレンはミルシャの手を両手で握り、苦しげな声で話しかけてきた。

「大丈夫か？」

「私……どうしたんですか？」

「気を失ったんだ。……急にいろいろなことを知らされて、ショックだったんだろう」

そう言われて、何が起こったのかを思い出した。自分が二人の男性に抱かれていたと知ったことと、キースの悪意を突きつけられて、激しく動揺したところへ、アレンがキースを殺そうとしているのを見て、意識を失ってしまったのだ。

アレンが呻く。

「すまない。あんなやり方をするべきじゃなかった。ただ、お前が被害者なのか、お前も奴と一緒になって俺を欺《あざむ》いている加害者なのか、わからなかったから……連れていって、直接奴に会わせる以外、俺には確かめる方法がなかった。だがおかげではっきりわかった。ミルシャ、お前は奴に騙されていたんだな」

「どういうこと、なんですか？　双子って……しかも、兄って言ってました」

「それを説明しなければ、理解してもらえないだろうな。……もっと早く、お前にキースの存在を教えて、用心させるべきだった」

深く悔いる口調で、アレンは語った。

——二十五年前、アレンとキースは双子として生まれた。

本来ならば、兄のキースが皇太子として世に出るところだったが、出生時の二人を比べると、アレンは体が大きく産声《うぶごえ》も元気だったのに対して、キースは月足らずの赤子のように血色が悪く、泣き声は弱々しく、見るからに虚弱そうだった。

出産に立ち会った者は全員、『この弱い赤子は、長くは生きられないだろう。一月《ひとつき》もつかどうかもわからない』と感じたらしい。

帝国では、双子を忌む風習がある。すぐ死にそうな赤子を皇太子として世に出すより、最初から弟のアレンを皇太子としておき、兄のキースは存在自体を隠しておく方がよい、そう決まった。

アレンは父親の腕に抱かれて国民に披露され、歓呼の声を浴びた。双子としてではなく、最初から一人で生まれたことにされたのだ。

一方キースは、存在自体を隠された。

双子を厭《いと》う慣習が強い国ゆえに、生まれた直後に片方をひそかに殺してしまうケースも少なくはないらしい。しかしキースは非常に弱々しく、どうせすぐ死ぬだろうと思われたため、直接的な方法で命を奪われることはなかった。本来なら皇太子として奉《たてまつ》られるはずの赤子に手を下すことを、誰もが嫌がったのだろう。

すぐに息絶えると思われて、皇位継承者から外され日陰の身にされた息子を、母親は深く哀れんだ。アレンを乳母に任せ、自分はキースを抱いてあやすことも珍しくはなかった。

そのせいかどうか、キースはひ弱な赤子と言われつつも、乳児期を生き延びた。『双子は不吉』、『皇太子が双子の生まれと知れてはまずい』、『日陰の皇子を消すべきではないか』、そんな議論もひそやかに起こりはしたが、母親の強硬な反対にあった。

幼児期に入って、赤子の頃の遅れを取り戻すかのように成長したキースは、双子の弟とそっくりになってきた。アレンの身に何かあった場合は、キースを身代わりにできる——そう主張されれば、誰も反対できない。

そしてキースは、皇太子の影武者としてひっそりと生きることになったのだ。

「……皇宮内でキースの存在を知っているのは、侍従長や古株の女官など、ごく限られた者だけだ。だがその中には、キースが兄でありながら日陰の身であることに、同情する者も少なくないらしい。幽閉とはいうものの、結構自由に出歩いているようだ。……そのせいで思い上がったあげく、お前を盗んだ。今度ばかりは、許すわけにはいかない」

最後の一言に、根深い怒りと憎しみを感じ、ミルシャは気絶する前の光景を思い出した。アレンは剣を抜き、キースを殺そうとしていたのだ。

「私が、気絶したあと、どうなったんですか……？　アレン様、剣を抜いていらして……」

「倒れたお前を放っておけるわけがない。キースの件は後回しにして、幽閉場所を変えた。いずれ、この手で処刑するから何も心配するな」

アレンが、無理矢理作ったような笑みを顔に浮かべて、ミルシャの手を包み込み、さすった。

「さぞショックだっただろう。すべて忘れろ。あいつの存在自体、忘れてしまえ。……お前は何も悪くないんだ、騙されただけだ」

優しい言葉に、答えることができない。

（キース様は本当に、悪意だけで行動していたの？）

塔で聞いた侮蔑と嘲罵《ちょうば》の数々だけが、本心だったのだろうか。

(私を教会から救い出してくれた日、言ったもの。『破綻してもいいから、助けたかった』って……)

本当に、弟に対する悪意だけでミルシャを寝取ったのならば、教会まで来る必要はなかった。放っておいてもよかったはずだ。それなのに、アレンに自分の行動がばれるのを覚悟の上で、皇帝のふりをしてミルシャを助けに来てくれた。なぜなのかをキース本人に問いたださなければ、納得できない。

ミルシャは上体を起こし、アレンに尋ねた。

「会わせて……話をさせてもらうわけには、いきませんか?」

「何?」

「なぜ私を騙したのか、知りたいんです。わからないままじゃ、心に棘《とげ》が刺さったままみたいで、忘れることさえできません」

「あいつが自分で言っていただろう。お前をどこまで騙せるか、試してみたと。そういうひねくれた性格なんだ。それ以上、お前が思い悩む必要はない」

さっきのキースの言葉だけを考えるなら、そうなのだろう。自分も激しくショックを受けた。だが今になって考えると、腑《ふ》に落ちない。自分を騙した理由が悪意だけなら、正体がばれる危険を冒してまで、教会へ救い出しに来る必要はなかったはずだ。

しかしそう話してみても、アレンの表情は険しさを増しただけだ。

「お前が教会に出かけたのは、キースが二重人格などというふざけた嘘をついたせいだろう。あいつがおとなしく塔に引っ込んでいれば……お前に手を出さなければ、何も起こらなかったんだ。原因を作った奴に、同情などするな」

「それは、そうですけれど……」

「お前は俺を好きだったんじゃないのか？　皇帝でなければよかったのにと叫んでいたから、俺はプロポーズを決めたんだ。なのにキースをかばうのか？」

「かばうとかじゃなくて、腑に落ちないから確かめたいんです。お願いです、キース様と話をさせてください。そしてどうか……実の兄弟の間で、処刑などという恐ろしいことはおっしゃらないで」

懇願を繰り返していたら、アレンの頬がすうっと青ざめた。

「奴をかばうのか……キースに体だけでなく、心まで奪われたのか？」

「!?」

予想もしなかった言葉に、ミルシャは固まった。

アレンだと思い込んでいたから身を任せたのだし、今、話がしたいのは納得できないことがあるからだ。

「ち、違います、そんな！」

「嘘をつけ。それ以外にかばう理由があるか。……『女は初めての男を忘れられない』というし、お前にとってキースは処女を捧げた男だ。俺よりも奴を慕っているわけか」

自分の言葉が怒りを煽るのか、アレンの声が冷ややかさを増していく。

「子供っぽい単純な女だと思っていたら、こっそり不貞を働き、しかも間男に心を奪われていたとはな。この俺を、よくもコケにしてくれた」

瞳に怒りの色を走らせたアレンが、椅子から立ち上がった。ミルシャを突き倒す勢いでベッドに上がってくる。掛け布団が引きめくられた。

「な、何をなさるの!?」

「初めての男に心を奪われたのなら、奪い返してやろう」

アレンが言い放つ。どれほどの怒りを抱いているのか、氷の奥に炎を閉じ込めたかのように、眼光は冷たく、それでいて熱く激しく燃えたぎっている。

「別の場所の処女は、俺がもらう。まずこっちからだ」

「……っ!?」

ミルシャの上にアレンがまたがってくる。驚いて、逃れようとせり上がったけれど、大きな羽根枕とベッドのヘッドボードが邪魔をした。枕に背を当てて、斜めに座った格好になったところで、アレンに体重をかけられて逃げられなくなった。

アレンがズボンと下着をずらした。そそり立った牡をミルシャの口元に押しつける。驚いて顔を背けようとしたが、前髪をつかまれ、逃げられなくなった。

「くわえろ」

声は低く抑えているけれど、口調は厳しい。それでも口を閉じたままでいたら、舌打ち混じりの「強情な」という言葉とともに、鼻をつままれた。息ができない。

(やめて、アレン様！)

苦しくなって開いた口に、勢いよくねじ込まれた。

「んぐぅっ!?」

熱く弾力に満ちた牡が、ミルシャの口中を蹂躙する。むせかえるような牡のにおいに、頭がくらくらした。鼻をつまんだ手は離れたけれど、髪をつかんだ手はそのままだ。アレンがミルシャの頭を容赦なく揺さぶる。

「ん、ぅううっ！　む、ぅっ……ぐ……」

「何をぼうっとしている、舌を使え。舐め回すんだ」

「んっ、ふ、ぅ……んぅう」

荒っぽい抜き差しで喉の奥を突かれて苦しい。舐める余裕がない。涙のにじむ眼をアレンに向けたけれど、髪をつかんだ手の力がゆるむことはなかった。苦しさに呻きながらも、ミルシャは懸命に舌を使った。

今まで自分を抱いた時、本当に乱暴だったのは『婚姻の誓い』ぐらいだった。立会人に見られながらの行為がいやだったせいだろう。それ以外の時は、強引ではあっても、自分勝手ではなかった。自分が痛がる時には侵入を止め、少しずつ慣らしてくれた。けれど今のアレンからは、気遣いもいたわりも感じられない。

牡がびくっと震えて大きさを増し、先走りをにじませ始めた。苦さに顔が歪む。

「いやそうな顔だな、ミルシャ。……口で奉仕するのは初めてか？　それともキースには、こんなこともしたのか」

「んんっ……」

首を横に振った。

（アレン様……信じて、お願い……）

涙に濡れた眼で見上げると、アレンが目を逸らした。眉間《みけん》には皺が寄り、頬は血色を失っている。楽しんでいる気配は、まったく感じられなかった。怒りと嫉妬《しっと》に苦しんでいるように見えた。

「下手だな。もっとちゃんと、口で奉仕できないのか」

言葉も声も冷たい。

どうしてこんなことになったのだろう。

自分は一目見た時からアレンが好きだった。アレンも自分を妻としていたわり、愛してくれた。キースが割り込んでこなければ、二人は幸せな夫婦でいられたはずなのだ。

寝所に、二人の荒い息遣いと、唾液と先走りが掻き混ぜられる淫らな音が響く。

やがてミルシャの口中で、牡が一際大きく震えた。

「……んうぅぅっ!?」

猛り立った牡が、大量の液体をほとばしらせる。熱さと苦さに、ミルシャはくぐもった悲鳴をあげた。牡がミルシャの口から抜けていき、上にまたがっていたアレンがどいた。

「う、ぅっ……ぐ……」

喉の奥を突かれた苦しさの余韻に、ミルシャはむせた。口から精液がこぼれ出て、枕に落ちる。

「出すな。飲め」

命じる声が飛んできた。口調の厳しさに、逆らうことはできないと悟り、ミルシャは口に残った液体を飲み込もうと努力した。舌に乗ると体が震えるほど苦いし、粘りの強い液体は、舌や頬の内側にべったり付着して、なかなか飲み下せない。

(だけどこうしなきゃ、アレン様は納得してくださらないんだわ)

口のまわりについている精液を、指で拭って舐めた。

「……もういい」

これで終わりかとほっとして、アレンを見上げた。けれどもアレンの表情は少しもやわらいでいない。

「口はもういい、下手だ。脱げ」

「……っ……」

「その気はないか。……やはりキースの方が好きなんだな。俺に抱かれるのなど、本当はいやで仕方がないんだろう」

嘲笑する口調だったし、アレンの口元には歪んだ笑みが浮かんでいた。けれど暗青色の瞳は普段以上に暗く、奥底には悲哀と孤独の気配が流れている。

「アレン様……」

呼びかけたが視線を逸らされた。

自分とキースの関係を疑い、アレンは一人苦しんでいるのに違いない。皇帝という立場と、双子の生まれという秘密を抱えて、誰に話すこともできず、心の中で不安を増大させているのだろう。夫をこれ以上、悲しませたくない。

ミルシャはベッドの上で上半身を起こし、衣服を脱いで下着を取り去った。アレンはミルシャの肩を押してうつぶせに転がし、腰をつかまえて引き上げた。

「う……」

ベッドに突っ伏して、腰だけを高く上げた格好だ。恥ずかしい場所をすべて見られている。今まで何度もアレンに抱かれたとはいえ、ここまでさらけ出したことはなかった。

「あ、あまり、見ないでください……」

「キースには見せたんじゃないのか」

「違います、こんな格好はしてませ……きゃっ!?」

いきなり秘裂に指を埋められた。突き立てると言ってもいい。蜜壺に深く指を入れ、そのまま乱暴に動かし始めた。鉤形に曲げた指先が、肉の壁をえぐるように責める。

「い、痛いっ！　アレン様、許して！」

悲鳴をあげたけれど、指の責めは止まらない。いや、アレンにミルシャの懇願が聞こえていたのかどうか。

「なぜだ……なぜ、キースなんかに……!!」

背後から聞こえた声は、苦しげにわなないている。

いつも強気で頼もしいアレンの動揺を見せつけられて、ミルシャは何も言えなくなった。アレンの心をこれほど傷つけたのは自分なのだ。

(ごめんなさい、アレン様……)

アレンの気がすむようにさせることが、自分にできる唯一の償いだと思い、ミルシャは顔をベッドに伏せた。痛みに耐えきれずこぼれる呻き声と涙が、シーツに吸い取られていく。

指はなおも乱暴に秘裂を犯し続けた。ぐちゅぐちゅと淫らな音が鼓膜を叩く。

荒々しい責めを受け、蜜壺はミルシャの意思とは無関係に、潤み始めた。蜜壺に入っていない指が、秘裂上端の感じやすい蕾を軽く叩くと、腰がびくびく跳ねてしまう。甘いしびれが腰から全身に広がっていく。

「あっ、ぁ……はぅっ！　あ、あぁんっ！」

「一方的に指を入れられて動かされただけで、濡れるのか。もう、こんなだ。見てみろ」

髪をつかんで引かれ、ミルシャは布団に伏せていた顔を浮かせた。

目の前に突きつけられたアレンの指には、白っぽい半透明の液体が粘りついている。さらさらの透明な液ではなく、とろりと粘る濃厚な蜜があふれるほどに、自分は感じているのだと思い知らされる。

指が抜けた。

「あ……はぁ……っ」

ミルシャは大きく息を吐いた。今度は牡で貫かれるのだろうと思った。きっと乱暴で容赦のない責め方になるだろうが、耐えねばならない。そう覚悟して脚の力を抜いたけれど、アレンの指は、ミルシャが予想もしなかった場所へと動いた。

「……ひぅ!?」

蜜液に濡れた指があてがわれたのは、後孔《こうこう》だ。小襞の中心を勢いよく突かれ、ミルシャはうろたえた。

「やっ……だ、だめっ！　アレン様、そこは違います!!　そんな汚いところ、だめです！」

どんな乱暴な扱いをされても耐えねばならないとは思っていたが、これは無茶苦茶だ。排《はい》泄《せっ》をする不浄の場所を触られるのは、恥ずかしすぎる。

しかしミルシャの拒否は、逆にアレンを煽ったらしい。

「その様子だと、キースもここには触れなかったらしいな。前の処女は、キースに出し抜かれて盗み取られたが、こちらの処女は俺がもらう」

宣告する口調でアレンが言い、一節だけ指を埋めてきた。

「やめて……あぁっ、痛い！」

もがいた拍子に指が深く入って、ミルシャは苦痛の悲鳴をあげた。だがアレンの指は抜けていかない。ミルシャの体を内側からほぐすかのように、肉の壁を叩き、撫でる。潤滑剤代わりの蜜液がなければ、もっと苦しかっただろう。

「あ、ぁう……やぁっ……許し、て……」

「すごい締まりだ。まだ早い、力を入れるのは俺が突っ込んだあとにしろ」

「ぁう……ふ……」

今まで外から物を入れたことなどない場所だ。指を埋め込まれ、動かされて、違和感と圧迫感に息が詰まる。何度も大きく息を吐いて、力を抜こうとした。だが少しでも楽になったように感じた瞬間、アレンが指を増やし、また苦しくなる。三本まで指を増やされた。

「もぅ……あ、ぁああっ！　お願い、無理っ……もう、無理ですっ、助けてぇ……!!」

「わかった」

「ひぁあああっ!?」

アレンが指を引き抜いた。後孔の粘膜が、裏返って外へ出てきそうな勢いだ。ミルシャは背を反らせて泣き叫んだ。しかしその悲鳴が終わらないうちにアレンが、ミルシャの双丘の肉を両手でつかみ、左右に割り裂いた。双丘の谷間に何か熱い物があてがわれる。

「ひ……っ」

ほぐされてやわらかくなった肉に、硬い灼熱が押しつけられ——めり込んだ。

「く、はぅっ……あ、ぁあああーっ!!」

指での慣らしは、ほとんど役に立たなかった。太さがまるで違う。

「痛いっ、痛い……ぁ、あ……」

「息を吐け。入らない」

苛立った口調でアレンが言い、なおも強引に腰を沈めてくる。

「やぁ……苦し、い……」

内臓全部が押しつぶされそうな圧迫感に、ミルシャは呻いた。根元まで突き立てて、アレンが息を吐く。

「きつい、な……この様子なら、初めてに間違いなさそうだ」

どうして初体験かどうかにこだわるのだろう。ミルシャがそう思った時、脇と腕に手をかけられて、体を後ろに引っぱられ、抱え起こされた。

膝をついて座ったアレンの腿の上に、脚を開いてまたがった格好だ。

「はぅうっ⁉」

姿勢が変わって、自分の上体の重みがかかったせいか、後孔を貫く牡が、なお一層深く入った気がする。圧迫感で息が苦しい。

「ぁ、はぁ、う……」

喘ぐミルシャの背中に、背後からアレンが体を押しつけてくる。汗で濡れた肌が密着する。向かい合って抱かれる時よりも、つながっている感覚が強い。アレンの手が脇と胸にかかる。引き起こされた体が、荒々しく揺さぶられる。

「痛いっ！　許して、こんな……ぁ、あぅ！」

「お前が、キースをかばうのは、初めての男だったからだろう？　そうだな？　だってお前は、俺を好きだと言ったじゃないか。皇帝でなければよかった、近衛兵ならよかったと……地位でも権力でもなく、俺個人を好きになってくれたんだ。そのお前が、俺を裏切るはずはない。お前が俺を、裏切るなんてっ……‼」

荒い呼吸の合間にアレンが呻く。ミルシャの胸が詰まった。

(アレン様……苦しんで、らっしゃるの……？)

自分を強引に、犯すといってもいいほどの勢いで抱いているのに、アレンの声は苦しげに歪み、まるで嗚咽《おえつ》が混じっているかのようだ。

「お前は……お前なら、俺を、裏切らないと思ったのに。お前は、俺が今まで会った王女や公女とはまるで違っていたんだ。正直で素直で、高ぶったところがなくて……何よりも、皇帝の持つ権力ではなく、俺自身を好きだと言った!! なのに……そのお前が、、キースをかばうなんて……ありえないっ! あいつのせいだ……キースがお前の処女を奪ったから、だからお前はあいつにほだされたんだ! そうなんだろう、そうだと言え!!」

ミルシャの頬を、涙が伝い落ちた。

(ごめんなさい……)

アレンがこんなにも自分を愛してくれていることを、初めて知った。それなのに妻である自分は、知らなかったとはいえ別の男性に肌を許し、処刑を主張するアレンに対し、話がしたいから待ってくれと訴えた。

裏切られたとアレンが感じても、無理はない。

「俺だけだと言え! 愛しているのは俺一人だけで、キースに騙されたんだと……言え、ミルシャ!」

「あっ、ぁああ! アレン様っ……アレン、様、ぁ……!!」

泣きながら、ミルシャは喘いだ。声に甘い響きが混じっているのが、自分でもわかった。どんなことにでも、体は順応してしまうものなのだろうか。痛くて苦しいだけだった、後孔への責めに、少しずつ体がなじんでいるのがわかる。前に回ったアレンの手が、胸のふくらみを揉んだり、秘裂の蕾を指先で叩いたりするせいだろうか。快感が、後孔からの苦痛を中和する。

「ミルシャ……ミルシャ、愛しているんだ……ミルシャ！」

猛り立った牡が、後孔の奥をこすり、突き上げてくる。内臓が押しつぶされそうな圧迫感に、背後から抱きしめられて肌の密着する感覚、胸や秘裂を弄ばれる快感。そしてアレンの必死な声――ミルシャの意識が甘く熱く、とろけていく。

「うっ……出る……!!」

アレンが呻いた。一瞬遅れて、ミルシャの後孔から内部までぎっちりと埋め尽くしていた牡が、大きく震えた。

次の瞬間、内部に液体がほとばしった。熱と粘りが、ミルシャを絶頂に追い上げる。

「ひっ!?　あっ、ぁあああーっ！」

後孔の奥から脳まで、雷流にも似た快感が走り抜ける。頭の中が真っ白に光り、体が弓なりにそりかえる。

自分の体から大量の蜜液があふれ出るのを感じつつ、ミルシャは達した。

上体を抱きとめていたアレンの手がゆるんだ。ずぶりと牡が抜けていく。虚脱して前のめりに突っ伏したミルシャに、かすれた声が投げかけられる。

「ミルシャ、大丈夫か……痛かったか？」

さっきまでの荒々しい責め方とは裏腹な、不安げな響きを含んだ声だった。ミルシャの胸がきゅうっと痛くなる。アレンを不安にさせたのは自分なのだ。

「ごめんな、さい……」

「え？」

「アレン様を、傷つけるつもりじゃ、なかったのに……お役に立ちたいって、思って、お嫁入りしたのに……ごめんなさい」

「……っ……」

何か言いかけて、結局言葉を呑み込んだという雰囲気で、アレンはミルシャを抱き起こし、後始末を始めた。自分が迸らせた液を中から掻き出し、汗まみれになったミルシャの体を丁寧に拭いてくれる。

「あ……アレン、様、いいです……あとで、自分、で……」

「いい。休んでいろ。俺がそうしたいんだ」

そう言ってミルシャの体を拭いつつ、アレンがためらいのににじんだ口調で呟いた。

「キースは皇祖廟の中だ。最上階じゃなく、外から鍵のかかる部屋に移したが」

「え……」

「処刑の方針は変わらないが、話がしたいんだろう？　認める。今夜はもう遅い、明日の朝にしろ。……痛い思いをさせて、悪かった」

最後の一言は、ためらいの代わりに、心から悔いるような気配をにじませていた。怒りに任せて乱暴な行為をしたこと、ミルシャが荒々しさを責めることなくアレンに詫びたことが、彼の心に響いたのかもしれない。

明日の午前中、時間は半刻のみ、鉄格子を隔てて話をするだけという条件で、こっそり皇祖廟へ行ってキースに会うことが許された。


「これはこれは、ミルシャ皇妃。このようなむさ苦しいところへなんのご用でしょう」

あの贅沢な部屋から、木の寝台があるだけの独房に移されてはいたものの、キースは元気そうだった。手枷《てかせ》も足枷《あしかせ》もはめられてはいないし、怪我をした様子もない。寝台に腰を下ろして笑っている表情は、相変わらず皮肉っぽく人を食ったような雰囲気で、昨日、塔の最上階で顔を合わせた時と変わらない。

元気な姿を見て安心はしたものの、もう少しまともに相手をしてほしい。

「真面目《まじめ》な話があって来たんです。アレン様にお願いして、やっと半刻だけ許してもらえたんですから。ふざけないでください」

強い口調で言ってにらむと、キースが肩をすくめた。

「悪かった。だがよくアレンが、俺に会うことを許したな」

そう言うのも無理はない。昨日、キースがミルシャを盗んでいることが判明し、アレンが激怒したばかりだ。ミルシャ自身も、よく許してくれたと思っている。しかも鉄格子を隔ててならば二人きりで話してよいと言ってくれた。

「それで、俺にどんな話があるんだ？」

「どうしてあんなことをしたのか、知りたくて……」

「言っただろう。お前があまりに単純そうだったから、騙せるかどうか試したんだ」

「そのことじゃないんです。なぜ教会へ、助けに来てくださったんですか？　あの時私を放っておけば、まだしばらくはアレン様にばれなかったはずです」

じっと見つめた。本当のことが知りたかった。皮肉っぽく笑って何か言いかけたキースが、結局口をつぐんで横を向く。その頬が薄く赤らんだ。

「お前を助けたかった」

切なげな表情で思い出した。ミルシャを教会から救い出した日、部屋を出ていく時にキースはそう言っていた。『すべてが破綻するとしても』とつけ加えたから、あの時点ですでにキースは、アレンにばれて怒りを買うことを予測していたのに違いない。

言葉が出てこないミルシャに、キースが苦笑を向けた。

「そんな困った顔をするな。俺自身も、意外な成り行きだったんだ。……アレンがいったいどんな花嫁を連れてきたのかと好奇心に駆られて、結婚式を見に行って、顔を見ただけでは物足りなくなったから、奴のふりをして……そのうち、お前に惹かれていった」

「……っ……」

「病気なのに無理をするなと叱って、俺を掛け布団でくるみ込んだだろう。あれが駄目押しだったんだ。あんなふうに接してくれる女は、初めてだった。そのあとは加速がついて、お前に心を奪われていった。だから、何があっても助けたくて……お前の身に何かあったらと思うと、我慢できなかった」

苦笑に、隠しきれない寂しげな気配がにじむ。伏せた睫毛の長さも、頬から顎のラインもアレンに生き写しだ。けれど今のような、弱さをにじませながらも強がって見せる表情は、アレンにはないものだ。

(私のことを、そんなに大切に思ってくれてたのね)

ミルシャの胸が、切なく疼いた。

「ありがとう……キース様」

「いいんだ。俺が自分で決めたことだ。……時々塔を抜け出してくだらない遊びをする以外、何一つすることもなく、目的もなく、退屈な時間を送っていたのに比べれば、お前といる時間は、本当に楽しく、心が躍るようだった。礼を言うのは俺の方だ、ありがとう」

「そ、そんな言い方、やめてください……まるで、死ぬのが決まっているみたいな言い方」

「アレンはそのつもりでいる」

「キース様が挑発したからでしょう!? あんな、わざと怒らせるような言い方……」

「あいつの前で反省したポーズなど、取りたくない」

「アレン様のこと、嫌いなんですか?」

「好きになれると思うか? 同じ親から、同じ顔で、同じ時に……いや、俺の方が先に生まれていながら、片方は皇帝として玉座につき、一方俺は、存在することさえ秘密にされている。あいつはお前を娶って子作りができるが、俺は一生飼い殺しなんだ。オーグル王国や、お前が見つけた古い宗教書のように、『双子は忌むべきものではない』という考えが広まっていればと、思わずにはいられない」

キースの言う通りだと思い、ミルシャの胸が重く塞がった。

オーグル王国では双子は神の祝福の印とされる。なのに帝国では逆だ。大陸中央部でいつの間にか広まった、双子を畜生腹として忌む習慣さえなければ、キースが排除されることも、アレンが苦しむこともなかった。

「そんな情けない顔をするな、ミルシャ。飼い殺しには違いないが、そのことでアレンを恨んでいるわけじゃない。あいつはあいつで苦労している」

「え……」

「父上は厳しい人だった。跡を継ぐアレンを決して甘やかさず、一流の教師をつけて学問や武芸を叩き込んだ。アレンは父上の期待に応えたようだ。もともと真面目な性格だからな。

俺にはあんな真似はできない。それに母上は、幽閉された俺を不憫《ふびん》がって、アレンのことはほったらかしだった。……俺が病気になると、自分にうつったりドレスが汚れたりするのを嫌がって塔に来ない程度の可愛がり方だったが。それでも、完全に放置されていたアレンよりはましだろうな」

キースは本心からアレンを憎み嫌っているわけではないらしい。なんとかならないのだろうか。双子の兄弟という一番近しい間柄なのに、処刑などひどすぎる。

「キース様が、どこか遠い国へ去るのではだめなんですか？　そうすれば双子の生まれとはわからなくなるでしょう？」

「あいつが平民なら、それでよかっただろうな。だが帝国の皇帝は外交や遠征であちこちの国へ出かけているから、他国にも奴の顔は知られているんだ。それにずっと塔に閉じこもって暮らしていたせいかな。他の場所へ行ったとして、何を目標に生きていったらいいか、わからない。……だが」

そう言って、キースは鉄格子の隙間から腕を差し伸べ、ミルシャの手を取った。

「一緒に来てくれるか？」

「え……」

「最初に騙したことは謝る。お前が望むなら、どんなことでもしよう。だからアレンを捨てて、俺を選んでくれ。お前さえいれば、俺はどこででも、どんなことでもして生きていける。

お前を幸せにすることが、俺の目標になる」

ミルシャは茫然《ぼうぜん》としてキースを見つめた。

昨日、ひどいことを言われて馬鹿にされた時は傷ついたけれど、こうして話しているうちに、キースの心に残る傷を理解したので、もう責める気にはなれない。ダークブルーの瞳にすがる気配を浮かべて『俺を選んでくれ』と懇願するキースは、痛ましくて、見ているこちらの胸が切なくなる。

かといってアレンを捨てることもできない。昨夜の様子を思い返すと、可哀想で、申し訳なくて——愛おしい。

アレンとキースが、自分の心を半分ずつ占めている。

手を振り払うことも、握り返すこともできずにいたら、キースがほろ苦く笑った。

「すまない。無茶を言った。騙しておいて、そんな虫のいい申し出が通るはずはないな」

「ち、違うの。違います。……怒ったり、憎んだりはしてないけど、でも……選べないんです。アレン様かキース様か、どちらかなんて……選べません」

笑みを深めてミルシャの手を一回強く握ってから、キースは腕を引っ込めた。

「ありがとう。真剣に考えてくれただけでも、嬉しかった。……そろそろ時間だろう、戻った方がいい」

キースに促されて自室へ戻ったものの、どうにも心が沈む。

(アレン様がもしこの部屋に来たら、どんな顔をしたらいいの？　キース様をかばうようなことを口にしたら、きっとアレン様は怒るわね……)

子猿に外の空気を吸わせるという口実で、ミルシャは一人、中庭へ出た。

手入れが追いつかず、藪《やぶ》のように茂っている木立にミルシャは足を踏み入れた。砂漠に近くて植物の少ない国に育ったので、木立の緑は心を癒やしてくれる。切り株に座って、生い茂った葉をぼんやりと眺めた。子猿は外遊びを喜んで、木から木へと飛び移っている。

(アレン様も、キース様も、苦しんでらっしゃるんだわ)

その時、すぐ近くで枯れ葉を踏む音がした。ピムにしては重い音だ。

(誰か来たの？)

振り返ろうとした時、頭上から大きな布袋をかぶせられた。

「いやっ、何!?　誰……うぐっ！」

誰かが自分を拉致しようとしている——そう気づいたけれど、視界が塞がれ何も見えない。袋を外そうともがく間に鳩尾《みぞおち》を殴られ、ミルシャは意識を失った。

5

その頃、アレンは侍従長だけを供にして、ひそかに皇祖廟を訪れていた。霊廟という性質上、『父祖に聞いてほしい悩みがあるから』と言えば、いつ訪れてもいいし、衛兵を遠ざけても不審を抱かれないのが、いいところだ。

父祖の霊に簡単に祈りを捧げてから、アレンはキースを閉じ込めてある部屋へ向かった。

「……いよいよ処刑か？」

皮肉っぽく顔を歪めて笑うキースに、アレンは仏頂面を向けた。

「処刑なら、返り血がついてもいいような服を着てくる」

正直、迷っていた。

ミルシャを盗まれたことを知った時は、絶対に許せないと思ったけれど、自分の中にどうしても消せない疑念がある。

(俺とキースの立場が逆だったら……俺も、同じことをしたかもしれない)

自分が皇太子となり、兄のキースは日陰の身にされた。差を分けたのは、生まれた時の健康状態、ただそれだけだ。もし同じように生まれていたら弟の自分が幽閉されただろう。あるいは後顧の憂いをなくすため、息の根を止められていたかもしれない。

兄でありながら幽閉されて育ったキースの抱く負の感情は、どれほどのものだろうか。アレンの内心を知ってか知らずか、キースはからかう目つきで笑う。

「血が飛ばない殺し方はいくらでもあるだろう？　縛り首とか、水につけるとか、毒殺とか。だができれば笑い死には勘弁してくれ。見苦しい。……どうせ見苦しいのなら、腹上死の方がいいな。女は美女を用意してくれよ。むちむちよりも、すんなりが俺好みだ」

不快感を我慢して、アレンは老侍従長に命じた。

「塔の一階で、誰も来ないように見張っていてくれ」

「いえ、そのご命令には従いかねます」

老侍従が何を案じているのかは、よくわかっている。二人だけにしてキースがアレンを殺し、成り代わって皇帝の座に就くことを心配しているのだろう。

「構うな。奴は俺を殺さないし、俺は奴に殺されたりしない」

強い口調で言い、アレンは老侍従長を追い払った。キースは二人のやり取りを、面白がる目つきで見ているが、何も言わない。

老侍従長が去るのを待って、アレンは鍵を出し、扉を開けた。キースが薄く笑う。

「処刑しないいんじゃなかったのか？」

「正直、殺してやりたい。だがお前を殺したら、ミルシャがきっと責任を感じて苦しむ」

ミルシャの名を出すと、キースの瞳に苦痛の色が走った。

(こいつやはり、ミルシャに対しては本気だったのか)

元からひねくれ者で、人を小馬鹿にした態度だったけれど、昨日のキースの言動は度を超して挑発的だった。本心を隠すためではないかと気づいて確かめに来たのだけれど、予想が当たっていたらしい。アレンの胸が、鉄の針を刺されたように痛んだ。結局、自分もキースも同じなのだ。ミルシャに心惹かれ、失いたくないと思っている。

顔を背け、視線を逸らしてキースが呟いた。

「馬鹿な女だ。くだらない嘘を信じてまんまと騙されたくせに、責任を感じるだと？　いい気になって……」

言葉の終わりで、キースの口元には皮肉な笑みが浮かんだのだけれど、今となっては無理矢理作った表情に思える。ミルシャを馬鹿にした台詞も、あくまで騙された被害者であって、姦通《かんつう》の罪は彼女にはないと主張する意図が、隠れているのだろう。

だがその本気度合いが、切ないと同時に腹立たしい。

(今さらミルシャをかばうくらいなら、なぜ手を出した……!!)

それを思うと怒りを抑えきれない。

「馬鹿はお前の方だ！」

言いながら胸倉をつかんで引き起こし、アレンはキースの横面を力一杯殴りつけた。キースが吹っ飛んで壁に肩をぶち当て、崩れ落ちる。「いて……」と呻きながら、キースは頬を押さえて身を起こした。

「またか。昨日殴らせてやったのにまだ足りないのか。しかも返事を聞く前に殴るし」

「当たり前だ！　貴様のやったことのせいで、ミルシャがどれほど苦しんでいるか……!!

日陰の立場に不満があるなら、俺にぶつければいいだろう！」

「俺が不満を抱えているはずだと、思っていたんだな。それなら話は早い」

奇妙な——かすかな悲哀が混じった笑みを浮かべ、キースはアレンの前に膝を折り、床に頭を擦りつけた。

「なっ……なんの真似だ！」

「殺す気が揺らいでいるんだろう。だから今のうちに、言いたいことを言っておく。頼む、ミルシャを俺にくれ」

「!?」

「他には何も要《い》らない。顔を焼いて、お前とそっくりだとはわからないようにして、遠くの国へ行ってひっそり暮らす。それでお前の身は安泰だろう、アレン。代わりにミルシャを俺にくれ」

顔を上げたキースの瞳は、いつもの世をすねたような皮肉な気配ではなく、真剣な懇願の色をたたえている。

「俺が二重人格などという馬鹿馬鹿しい嘘をついても、ミルシャは受け入れてくれた。キースと呼べという無茶な頼みを聞いて、アレンとは違う人格として扱った。しかも心の病気は体も弱らせるんじゃないかと心配して、教会まで出かけていったんだ。双子だと知ったあとも、忌まわしいと嫌ったり蔑《さげす》んだりせず、逆に心配してくれた。ミルシャだけだ。他にはいない。頼む。……それが無理なら、殺してくれ。ミルシャがいないのなら、生きている甲斐はない」

ミルシャを求めるキースの言葉が、アレンの心に突き刺さる。こんなに真剣な懇願を、兄が口にしたことがあっただろうか。けれども『皇帝でなければよかったのに』と言うミルシャに救われたのは、自分も同じだ。他の誰も、代わりにはならない。——譲れない。

「ふざけるな！　ミルシャは俺が見つけてきた女だ、皆の反対を押し切って妻にしたんだぞ、お前などに渡せるか!!」

「お前は何でも持っているじゃないか。皇帝の地位、好きなように国を動かす権力……何よりも、今まで顔を隠さずに暮らすことができただろう。生きていること自体を隠さねばならなかった、俺の気持ちがわかるか？　お前が公式行事に出ている時、俺は塔にこもるか、外に出る時には顔を隠して、同じ顔だと知られないように工夫しなければならなかった。もちろん結婚などできないし、子供を持つことも許されていないんだ。ミルシャをくれてもいいだろう！　他のものはすべて、お前のものなんだから！」

「俺が『なんでも持っている』だと……よく言えたものだな、母上をずっと独占していたのはお前だろう!!　実の母に『お前さえ生まれてこなければ』と憎々しく罵られた子供の気持ちは、愛されて育ったお前にはわかりっこない！」

「愛されたわけじゃない、母上は『可哀想な子を愛する自分』に酔っていたんだ！　確かに母上は、時間の許す限りここに来た。学問も武技も、『弟に負けるな』と仕込まれた。だがお前に劣らないようにというだけだ。実際に使う機会のない剣技や、机上だけの学問をやらされる虚《むな》しさは、お前にはわからないだろう！」

口論は激化する一方だった。ミルシャを請い受けようとひざまずいていたキースは、いつのまにか立ち上がり、アレンと正対していた。

罵り合いはすぐ、殴り合いに変わった。

顔を殴られ、鼻血が噴き出す。鳩尾に一発食らって、床に膝をつく。つかまれた上着の縫い目が裂け、靴が脱げて飛んだ。

二人の動きが止まったのは、通路をよたよたと走ってくる足音がしたからだ。

「まずい、爺だ」

「これだけ喧嘩《けんか》したら飛んでくるだろう。また叱られるな、日陰の身の兄上を思いやれと」

「俺は、弟の苦労を考えろと言われる」

同時に溜息をついたあとで、顔を見合わせた。

「お前の方が幸福な立場だなんて、考えたことはない。つらいだろうなと思う」

「同じだ。ただ時々、自分と違う立場が羨ましくはなる」

「わかる。羨ましくて、申し訳なくて、そのくせむかつく」

互いに同じ感情を抱いているのは、以前から薄々わかっていた。ミルシャを盗まれたと知った時は処刑してやると怒り狂ったものの、自分がキースの立場だったら、同じことをしたかもしれないと思う。

(それでもミルシャは渡せない。初めて、本気で好きになった女なんだ。……だがきっと、キースもそうなんだろうな)

どうしたものかと考えているうち、扉が激しく叩かれた。侍従長が到着したらしい。殴り合いの痕跡はごまかしようがないので、叱られる覚悟で扉を開けた。

「陛下、キース様！」

「何を言いたいかはわかる。論争から殴り合いに発展したんだ。反省している」

「同じく、反省している。だから怒るな、爺。……ん？　なんだ、その紙は」

「お、お二人で喧嘩をなさっている場合ではございませんぞ！　ミルシャ皇妃が、誘拐されました!!」

「「なんだと!?」」

揃って大きな声が出た。老侍従長が、握りしめていた手紙を差し出す。侍従長に渡すよう頼まれたと、衛兵が持ってきたらしい。貴族階級がよく使う上質な紙の封筒で、丁寧に封蠟《ふうろう》まで押してあったため、差出人の名がないとはいえいたずらではなさそうに思えて、中をあらためたのだという。

アレンとキースは頭を寄せて、侍従長の差し出す手紙を読んだ。

「なんだ、これは……『ミルシャ皇妃は預かった。午後二番目の鐘のなる時に、アレン皇帝と双子の兄弟、二人揃って皇宮前の広場に姿を現し、双子の生まれだと白状しろ』だと？」

その他にも、『重要な知らせがある』と今すぐに触れを出して、民衆を広場へ集めること、双子だと告白したあとは、頭を地に擦りつけて、今まで騙していた国民に詫びること、その責任を取って帝位を下りることなど、細かい指示があった。無論、命令に従わなければミルシャは殺されるだろう。

「……ミルシャが攫《さら》われたのは確かなのか」

「この指輪が、手紙と一緒に入っておりました。陛下がお贈りになった、皇妃の結婚指輪でございます」

「抜け落ちたり、自分で外したりするはずはないな。……本当に誘拐されたんだ」

アレンは唇を噛んだ。キースも眉間に皺を寄せ、青ざめた顔で手紙を見ている。老侍従長が、遠慮がちに言い出した。

「皇妃がご無事かどうかは案じられますが、しかしこの手紙の指示通りにしたなら、陛下とキース様の御身が危うくなります」

この帝国では、双子は畜生腹として忌み嫌われている。長い年月をかけて培われた慣習だから、皇帝の権威をもってしても簡単には払拭できない。無理に抑えつけようとすれば、逆に反感を買い、暴動が起きるかもしれない。そして、皇帝が双子の生まれだと知れば、諸侯も黙ってはいないだろう。心服しているように見えても、こちらが弱みを晒せば取って代わろうと考えている者は数多い。

「よくて退位、悪くすれば暴動に引き続くリンチか……」

「だがこのままではミルシャの命が危ない。もっとも、従ったところで無事にミルシャが戻ってくるとは限らないがな。……くそ、どっちの仕業なんだ」

キースの呟きを聞いて、同じことを考えていると気がついた。容疑者は二人いる。叔父のコーディエ大公と、帝都大教会の大司教だ。

大司教はかねがね、皇帝が敬虔《けいけん》な神教徒ではないことに不満そうだった。皇妃となったミルシャと論争したことで、『大国の支配者は、もっと熱心な信者であるべきだ』と考え、強硬手段に出ることは充分考えられる。大公は今まで野心を覗かせなかったけれど、人間というものは何がきっかけで気持ちが変わるかわからない。先日の教会事件によって、アレンが双子の生まれだと感づいて、弱みを握ったと思い、一世一代の賭《か》けに出たのかもしれない。

「大司教は一昨日《おととい》から、商都のクラントンへ出かけているんじゃなかったか？」

「それを理由に容疑者から外すわけにはいかないだろう。あの大司教なら、部下に指示を出しておき、自分は帝都を留守にして、皇妃誘拐の嫌疑を逃れるくらいの策は立てる」

犯人がどちらかわからないのでは、ミルシャの奪還は困難だ。

（ミルシャ……）

泣いて笑って怒って、忙しく表情を変えるミルシャの面影が脳裏をよぎる。自分に対して初めて、『皇帝でなければいいのに』と言ってくれた――地位や権力ではなく、アレン自身を愛してくれた女だ。誰にも渡せない。守りたい。

（ミルシャをこの手に取り戻せるなら、帝位など放り出しても構わないんだ。だが俺は、感情で動くわけにはいかない）

自分が退位したあと、誰が跡を継ぐのかが問題だ。

無能な人間が皇帝になれば、たちまち内乱や、他国との戦乱が起こる。兵役に取られたり、戦《いくさ》の巻き添えを食らったりして、平民階級がまず苦しむことになるだろう。そして自分に代わって皇帝となるのは、おそらくコーディエ大公だ。我が叔父とはいえ、小物すぎる。広大な帝国を無事に治められるはずはない。

考え込んでいた時、

「すまない、アレン」

キースの口から謝罪の言葉が漏れた。予想もしなかった殊勝な態度に驚いて、アレンは兄の顔を二度見した。

「俺の存在が、ミルシャを危険な目に遭わせ、お前の地位を危うくしている。……俺一人の命ですむことならと思っていろいろ考えてみたが、ミルシャを取り返してお前の地位を守れる方法が浮かばない。すまない」

「やめろ。お前の口からそんなまともな台詞を聞かされたら、混乱する。今、俺はミルシャを取り戻す策を考えることで一杯一杯なんだ」

二人の会話を聞いていた侍従長が、さっきよりもさらに遠慮がちに言う。

「犯人がミルシャ皇妃を無事に返すかどうかわからない以上、脅迫に屈しない方がよろしいのでは……？」

アレンとキースは首を横に振った。脅迫を突っぱねることができるのは、こちらに弱みがない場合の話だ。もしも脅迫者が大々的に『皇帝は双子の生まれであり、そのことを国民に隠していた』と喧伝《けんでん》した場合、白《しら》を切り通すのは難しい。いずれ、ばれる。

何よりも、ミルシャを失うわけにはいかない。

アレンは深く溜息をついた。

「広場へは行かなければならないだろうな。まず俺が出て、双子として生まれたことを明かし、隠し事をしていたのを民衆に詫びる」

「陛下!」

侍従長が声をあげる。キースは探るような目つきになった。

「その言い方だと、俺は何か別のことをしなければならないらしいな? 脅迫状の命令は、二人揃って出てこいと書いてあったが……」

「いよいよとなったら、お前にも登場してもらう。だが最初のうちは、顔を隠して広場にいて、他の民衆と違う様子の奴を探してほしい。黒幕がどちらかはわからないが、脅迫通りに皇帝が動くかどうかを監視する役の部下を、広場に送り込んでいるはずだ。そいつをつかまえて、ミルシャの居場所を白状させて、助け出すんだ。他に打つ手を思いつかない」

「逆の方がいいんじゃないか? 俺がお前のふりをするから、お前が監視役を探してミルシャを助け出せ」

キースは、皇帝が忌むべき双子の生まれだったと知って、民衆が逆上する危険を指摘した。誰か一人が石を投げたなら、狂気が伝染してそのままリンチになだれ込むかもしれない。その場合、護衛兵もあてにはできないだろう。

「俺のミスで双子だとばれたんだ。危険な役目は俺が引き受けるべきだ」

「いや、俺は『双子なのを隠しててごめん』で終わらせる気はない。双子の生まれの何が悪い、と開き直るつもりだ。こう見えても、即位以来かなり善政を敷いてきたんだ。ソリム河の治水工事で、毎年のように起きていた洪水がなくなったし、疫病や災害で働き手が減った地域は税負担を軽くした。俺が今までやってきた政治と、双子は忌まわしいという慣習とどちらを選ぶのか、臣下や国民に考えてもらおうじゃないか。双子だと白状する前に、まず俺の功績を並べ立てて、可能な限り時間を稼ぐ。この演説は俺でなければ無理だ」

「……わかった。できるだけ急いでミルシャを取り戻そう。監視役を見つけて路地に引きずり込んで、拷問まがいの真似をして口を割らせる役は、きっと俺の方が向いている」

ひねくれた性格だからな――そう言ってキースがにやりと笑った。

気づくと、侍従長が目頭を押さえている。

「何を泣く、爺」

「お二人が仲良くなさっているお姿を見られようとは、思いもよりませんでしたので」

キースがムッとしたように眉を吊《つ》り上げ、口を曲げる。自分もきっと同じ表情だろう。仲良くなったつもりはないが、腹立たしいことに息が合うのだ。だが自分一人では、ミルシャを奪還できない。

「喧嘩の続きはあとだ」

「ああ。ミルシャを取り戻してからにしよう」

そのミルシャは、皇宮前広場にほど近い、ある屋敷に監禁されていた。手足を縛られて一室に閉じ込められ、部屋の外には見張りがいる。皇宮の庭で拉致《らち》されてからどれほど時間がたったのだろう。少しでも早く逃げ出して、アレンとキースに危機を伝えたい。

(私を教会で罠《わな》にかけたのは大公だったのよ。今はアレン様とキース様を破滅させようとしてる……お願い、私が行くまで無事でいて!)

縄をゆるめようと、ミルシャは必死でもがき続けた。

——誘拐犯の誤算は、ミルシャが案外早く意識を取り戻したことだろう。鳩尾を殴られて気絶したものの、袋に詰められて運び出され、馬車か何かに揺られているうちに、目が覚めた。手足を縛られて猿轡《さるぐつわ》をはめられていたけれど、舌と歯でがりがりやっていたら、猿轡の結び目がゆるんだ。だが周囲の状況がわからないのに大声をあげても、助かるとは限らない。まわりが敵ばかりだったなら、もう一度猿轡をはめられて努力が無駄になる。

馬車は石畳の道を進み、どこかの屋敷内へ入った。気絶しているふりを続けて、ミルシャは下ろされるのを待った。自分が入った布袋は、木箱か櫃にでも詰められているようだった。それを何人かの人々が持ち上げ、どこかへ運んでいく。

「これ、ドレスが入っているだけなんだろう?」

「それにしちゃ重いな」

ムッとしたが言い返すわけにもいかない。目が覚めていると知れたら、どうなるかわからないからだ。

(私、太ってないわよ!!　ドレスをふんわり詰めただけの櫃だと思ってるから、重く感じるだけなんだからね！)

こんな恥辱を自分に与えた誘拐犯は、いったい誰なのだろう。許せない。そう思ううちに、ミルシャの入った櫃はどこかの部屋に運び込まれ、床に下ろされた。だがそのあとはなかなか動きがなかった。縛られた手足がしびれ、櫃の底に当たっている肩や腰が痛む。ついこぼれそうになる呻き声を我慢し続け、どれほど時間がたっただろうか。

誰かが櫃に近づいてくる気配がして、蓋が開いた。

「この中におります、お確かめください」

袋の口を縛っていた紐をほどいているようだ。ミルシャは目を閉じ、気絶しているふりを装った。その耳に、別の声が聞こえてきた。

「間違いなく皇妃か？　誰にも見られなかったであろうな？」

聞き覚えがある。というより、余人とは間違えようのない甲高い声だった。

「おお、間違いない。ミルシャ皇妃だ。でかしたぞ。こやつを人質にすれば、アレンを退位させられる」

甲高い声が、ほっほっほっほと耳障りな笑い声に変わる。

(皇帝を退位させるですって？　アレン様に何をする気なのよ!?)

今までじっと我慢していた反動で、我慢できなくなった。ミルシャは縛られたままの体で、力一杯跳ね、布袋を振り落としつつ叫んだ。

「た、大公ーっ!!」

「ひぇええっ!?」

「私を狙って誘拐したんですね！　どういうことなんですか！　何を考えてこんな真似をしたんです!?　しかもアレン様を退位させようなんて……!!」

企《たくら》みがばれたと知って怯えたのか、大公は青ざめた顔で後ずさり、配下らしい男の後ろに隠れた。

詰め寄ろうとしたが、手足を縛られたままではどうにもならない。櫃の縁に足が引っかかり、ミルシャは床に落ちた。それでも、痛みより怒りの方がはるかに強い。縛られた体で這い寄りつつ、顔を上げて大公をなじった。

「叔父と甥の間柄なのに……ただ一人の身内って言ってたのに！　叔父なのに甥を陥れるなんて、どういうことよ！」

感情が激して言葉が乱れる。しかし親子ほども年が違うミルシャに罵られ、大公も腹を立てたらしい。配下の後ろから出てきて、ミルシャを見下ろし、反論した。

「陥れるとは心外な。わしは帝国のためにアレンを退位させようと動いておるのだ。双子の生まれであることを隠し、国全体を欺いていたのは、アレンの方ではないか」

ミルシャは息を呑んだ。厳重に隠しているはずの秘密をなぜ大公が知っているのか。皇宮内にも老侍従長など、双子の生まれだと知っている者はいるけれど、アレンが信頼している者だけだ。大公に秘密を明かしたとは聞いていない。

「何よ、それ……双子って、どういうことなの」

咄嗟に、白を切った。かまをかけられているのではないかと思ったからだ。しかし大公は自信たっぷりに言葉を継ぐ。

「ほほう、聞かされておらぬのか？　もともとアレンが生まれた時、双子だったという噂はあったのだ。証拠が見つからぬために噂止まりだったがのう。しかし先日、大教会にお前が囚《とら》われていた時、帝都にはいないはずのアレンが現れたではないか。あの出来事ではっきりした。噂は本当のことだった、アレンにはそっくりな双子の兄弟がいるとな」

「そ、そんなの……旅先から帝都まで、すごい勢いで往復したかもしれないじゃない！」

「馬鹿を言うな。皇帝が視察を中断して引き返せば大騒ぎになる。帝都で留守をしていたアレンの双子の兄弟が、お前を助けに来たのだろう。他には考えられん。……お前を皇妃の座から追い落とすのには失敗したが、アレンの弱みを握ったのだ。あの罠には、思った以上の効果があったわい」

「……あ、あなたが仕組んだ罠だったのね！」

思いがけないところで、教会で自分が嫌疑をかけられた事件の犯人がわかった。直前に論争した大司教を疑っていたが、大公だったのだ。

口をすべらせたと気づいて、大公がおたおたと周囲を見回す。小物感が満載の仕草だった。こんな男の罠によって、自分やアレン、キースが追い込まれているのかと思うと、腹立たしくてならない。

「私に盗みの嫌疑をかけて、どうするつもりだったの!?」

「う、うるさい！　お前のような田舎の小国の王女など、皇妃にはふさわしくない！　アレンには以前から何度も、わしの妻の姪《めい》を娶るよう勧めておったのだ！　それなのに奴は耳を貸さずに……お前が消えるのが、帝国のためなのだ!!」

啞然とした。こんな身勝手な理由で自分は陥れられたのか。

「何が帝国のためよ、自分の身内を皇妃にしたいだけじゃないの！」

「違う、わしはそんな欲で動いているのではない！　すべては帝国のためだ」

小鼻をふくらませて、大公は自己正当化の台詞を並べ立てた。

「お前だけではないぞ、アレンももはや玉座にはふさわしくない存在だ。双子という忌まわしい出生を隠して、家臣や国民を欺いていたのだからな。叔父として、甥の罪を見過ごすわけにはいかぬ。……しかし正面から詰問しても、アレンは認めまい。それゆえこのような方法を取ったのだ。お前の身柄を押さえられていると知れば、アレンも罪を認める気になるだろう」

「嘘よ！　あなたはアレン様に取って代わって、皇帝になりたいだけなんだわ！」

「馬鹿を言うな。そんな邪心があればもっと早くに、暗殺などの卑怯な手段を使っている……今まで忠実に仕えてきたことが、わしの心が潔白である証ではないか」

絶対に嘘だと思った。今まで皇位を奪おうとしなかったのは、単に度胸が乏しかったか、あるいはアレンにつけ入る隙がなくて、何もできなかったのに違いない。ミルシャが眉を吊り上げて目を怒らせてにらんだだけで、おたおたと挙動不審な動きで目を逸らし、両手をばたつかせた。それから、思い直したようにミルシャを見下ろす。

「ふ……ふんっ。あまり思い上がった態度を取るでない。お前など、いつでも殺せるのだ」

「やれるものならやってみなさいよ、化けて出てやるから。亡霊になって昼も夜もつきまとって、耳元で呪《のろ》いの言葉を囁いてやるわ。それから、あなたが触ったもの全部に血の跡がつくようにして、それから……」

「え、ええい、黙れ！　わしにはお前の相手をしている暇はないのだ！　もうすぐ奴らが自分の罪を認める、見届けてやらねばならんからな!!」

マントをひるがえし、大公は戸口へ向かった。配下が慌てた様子であとを追い、ミルシャをどうするのか尋ねている。

「あのまま転がしておけ。縛ってあるのだし、見張りは部屋の外に置けば充分だ」

「食事などは……」

「あの元気さでは、必要なかろう。誰も近づけるな。口の達者な娘だからな、話をしたら、丸め込まれてしまうかもしれん。それよりわしの護衛だ。さて、何人連れていくか……」

分厚い扉が閉まり、鍵をかける金属音が響いた。ミルシャは部屋に一人、取り残された。

(逃げたわね、根性なし。……だけどこのままじゃ私のせいで、アレン様が退位させられちゃう。キース様もきっと無事にはすまないわ)

縄を解いて脱出し、大公の企みをアレンとキースに告げなければならない。だが縄の結び目は固く、懸命に身をよじっても、ゆるむ気配がなかった。

「んもうっ！　ここまできつく縛ることないでしょ、大公の馬鹿っ！」

文句を言いながら激しくもがいていた時、上の方で、キキッと甲高い声がした。ハッとして見上げたミルシャの肩に、子猿が飛び降りてくる。

「ピム！　どこから……あっ！　あの通気口!?」

壁の高い位置に、換気用の窓がある。大人の腕がかろうじて通る程度の小窓だが、子猿のピムには充分な大きさだった。

「追いかけてきてくれたのね。ありがとう……お願いピム、この縄をほどいて!!　嚙み切ってもいいから……違う、スカートの中へもぐるんじゃないの、手首の縄を切るの！」

ピムが縄を嚙みほぐしたので、あとは力任せに手首を動かし、結び目をゆるめて手を抜いた。足首の縄をほどき、しびれた手足をさする。ドレスの長い裾は、走るにも飛ぶにも邪魔になる。ミルシャは思い切りよくスカートを膝丈まで破り取った。

これで脱出のための第一段階はクリアした。しかしこの部屋には窓がないし、ドアの外には警備の兵士がいるはずだ。

(どうしよう……でも迷ってる暇はないわ)

見張りが一人だけの可能性に、賭けるしかない。ありえないことではないだろう。皇妃を誘拐しての悪巧みを、大公が大勢に知らせているとは思えないし、女の自分の見張りに、あまり人数は割けないはずだ。音をたてないよう戸口に忍び寄り、ミルシャは細く扉を開けて、通路を見た。

(……やった!)

大柄な兵士が一人立っているだけだ。ミルシャが縄をほどいて脱出するとは考えもしないらしく、廊下の先にばかり目を向けている。ミルシャは静かに静かに扉を開けて手を伸ばし、兵士の襟首を引っ張った。

「……うわ!?」

「静かにして。今あなたの背中に入れたの、毒蛇よ」

兵士が硬直する。ミルシャは、子供の頃に見た占い婆の口調を真似て囁いた。

「私の命令一つで、牙《きば》を立てるわ。私が皇帝陛下に見初《みそ》められたきっかけが、巨大な毒蛇を退治したことだって知ってるでしょう? 私は蛇に命令を聞かせられるの」

実を言えば、兵士の背中へ入れたのは蛇ではない。さっき破ったスカート生地を細くよじって、紐状にした物だ。だが兵士はミルシャの誇張された評判を聞いていたらしく、本当に蛇を操れると思って恐れたようだ。固まった。

「大公はどこへ行ったの？　何をするつもりなの？」

「そ、それは……勘弁してください、言えるわけがありません」

「言わないと、牙を立てさせるわ。小型の蛇だけど、毒はすごく強いんだから。咬み痕から肉が腐って死んじゃうわよ」

返事を渋る兵士の背中を、小指の爪の先できゅっと突いた。背中は感覚の鈍い場所だから、さんざん脅されたあとで突かれ、尖った物が当たったように錯覚したのだろう。兵士はびくっと身を跳ねさせたあと、震える声を絞り出した。

「こ、皇宮前の広場に、向かわれました。皇帝陛下が、隠していた悪事を告白して退位するので、見に行くとおっしゃって……」

「なんですって!?」

悪事というのは、アレンとキースが双子だということに違いない。双子をひどく忌み嫌うこの国で双子の生まれなのを白状すれば、無事でいられるかどうかわからない。きっとミルシャを人質に取った大公が、アレンたちを脅したのだろう。

（止めなきゃ……アレン様とキース様を助けなきゃ！）

午後二番目の鐘が鳴る時刻、キースは青年貴族の扮装《ふんそう》で皇宮前の広場をうろついていた。

(……畜生。こんなに人が詰めかけていたんじゃ、見つけられない)

広場には貴族平民を問わず、人々がぎっしりと詰めかけていた。『重大な知らせがある』とだけ触れを出したので、皆あれこれと内容を憶測しているようだ。触れが行き渡ったのか、集まる人は増えるばかりで、混みすぎて歩き回ることさえ難しくなっていく。

しかもキースは、おおっぴらに監視役を探すことができない。他者の顔を見て回れば、自分の顔も見られてしまうからだ。つば付きの帽子を目深《まぶか》にかぶり、埃よけに見せたスカーフで顔の下半分を隠し、上着の襟を立てているけれど、真正面から顔を合わせたら『皇帝に似ている』と不審を抱かれるかもしれない。

なんの手がかりもつかめずに歩き回っているうち、周囲から歓呼の声が湧《わ》き起こった。視線を向けると、広場中央の演説台に、アレンが現れたところだった。何も知らない群衆が、皇帝万歳の声を上げる。壇上に向かって花を投げる者もいた。

「皆、よく集まってくれた。……今日は、皆に改めて告げねばならぬことがある。長い話ではあるが、聞いてもらいたい。我が父の代にさかのぼって……」

ことさらゆっくりと発音するのは、聞き取りやすくするためではなく、時間を稼ぐためだろう。今のうちにと、キースは懸命に監視役を探した。

（くそっ、どこだ……アレンを敵視している奴、冷たい目を向けている奴が、どこかにいるはずなんだ！）

焦燥に駆られて、キースは必死に周囲を見回した。

広場の端に停《と》まっている馬車の一台が、目についた。最初は、皇帝の演説を聴こうと広場に来た貴族か、富裕な商人だろうと思ったが、中途半端に窓を開け、外から顔を見られまいとしている様子が気になった。

（大公……!!）

窓の隙間から見える大公の横顔には、醜い期待に歪んだ笑みが浮かんでいる。これから行われる演説の内容を知っているのでなければ、あんな表情にはならないはずだ。大司教ではなく、大公が脅迫者だったのだ。監視役をよこして黒幕は安全圏にいるだろうというのが、アレンの読みだったが、そこは外れた。大公は自分の目で、アレンが敗北する瞬間を見たかったのだろう。

（どうする……大公を絞め上げて、ミルシャの居場所を白状させるか？　だが……）

相手が監視役ならそうする予定だった。だが厄介なことに相手は大公で、馬車の中にいる。引きずり下ろせば目立つし、馬車に乗り込んで脅しつけるとしたら、まず周囲の護衛を倒さねばならないから、やはり目立つ。アレンそっくりな自分の顔を、無関係な他人に見られてはまずい。

即位以来の功績を数えて時間を稼いでいたアレンの演説は、そろそろ種が尽きようとしている。もう時間がない。

（ともかく馬車の近くへ行かなければ……）

人を掻き分けて、キースが移動を始めた時だった。大公の馬車の近くで、けたたましい声があがった。

「うわっ、なんだ!?」

「きゃあああ！　獣よ、猿がいる！」

「押すんじゃやない、危ない……えぇっ、皇妃様!?」

思いがけない言葉に愕然《がくぜん》として、キースは声の方に目を向けた。群衆の頭の上を飛び渡っていく白い子猿と、人垣を掻き分け押しのけて、大公の馬車へと迫る、若い女が見えた。

（……ミルシャ!?）

間違いなくミルシャだ。スカートの下半分を破り取り、ふくらはぎをむき出しにして走っている。馬車の扉に飛びついて叫んだ。

「見つけたわよ、この誘拐魔！」

「おぉっ!?　こ、こやつ、どうやって逃げ出した!?」

「天の助けがあったのよっ！　よくも、やってくれたわね！」

馬車の奥へ逃げようとする大公の胸倉をつかんで扉の方へ引きよせ、ミルシャは人々を見回して大声で叫んだ。

「みんな聞いて、大公は人さらいです!! 私を誘拐して殺そうと……ふぎゅっ!」

突然の皇妃の強襲に驚き、呆気に取られていた護衛たちが、我に返ったようだ。ミルシャに飛びかかり、口を塞ぎ、手をつかまえた。

周囲の群衆に聞かせるつもりか、馬車の中の大公がわめく。

「こ、この痴れ者《しれもの》め! 頭を打ったからといって、まだ自分が皇妃と思い込んだままか! 屋敷に連れて帰るぞ、薬は飲んだのであろうな!?」

どうやらミルシャを、錯乱して自分を皇妃だと思い込んでいる病人ということにして、再び監禁するつもりらしい。護衛たちがミルシャを馬車の中へ押し込もうとする。子猿が果敢に護衛に向かっていったが、振り払われて遠くへ飛ばされた。

(まずい……!!)

このままではまたミルシャが囚われてしまう。

周囲の群衆は、何がなんだかわからないといった様子だ。まさか本物の皇妃がここに現れ、大公を人さらいとして糾弾するとは思わなかっただろうし、なぜ大公がミルシャを誘拐したのかも、呑み込めないのだろう。手を出そうとする者はいなかった。

助けようにも広場に人が多すぎて、普通にしていたのではなかなか馬車に近づけない。演説台から距離があるため、アレンは異変に気づかないようだ。

やむを得ず、キースは剣を抜いて振り回した。

「どけっ、そこをどけ！　道を空けろ！」

白刃の光を見た人々が、悲鳴をあげて逃げまどう。さすがにこれだけの騒ぎになれば耳に届いたのか、アレンの演説が止まった。しかし今は構ってはいられない。

開けた空間を、キースは馬車に向かって突進した。

「手を離せ！」

大公の護衛に斬りかかり、刀身を叩きつけ、柄頭《つかがしら》で殴った。護衛がばたばたと倒れ伏す。

「ミルシャ、無事か!?」

「……キ……っ！」

キース様——と叫びかけて、その名をここで声に出してはならないと思い出したのだろう。ミルシャが口をきゅっとつぐむ。大きく目をみはった表情が可愛らしい。キースはミルシャの手をつかまえ、馬車から引っ張り出した。

「に、逃がすな！　そやつをつかまえろ！」

大公の叫びを聞き、護衛がミルシャを取り返そうとする。揉み合いになったはずみに、キースの帽子が落ち、鼻から下を覆っていたスカーフがずれた。

(しまった……!!)

だがもう遅い。むき出しになったキースの顔を見て、周囲の人々が固まった。

「こ……皇帝陛下？」

「馬鹿な、陛下は今演説中で……」

人々が動揺した機を逃さず、コーディエ大公が叫んだ。

「見ろ、皆の者！　皇帝は忌まわしい双子の生まれだ、その証拠がここにいる‼」

折悪《おりあ》しく、アレンの演説が途切れ、人々が次の言葉を待って静まりかえっていた時だ。大公の甲高い声は遠くまで響き渡った。

「なんだって、皇帝陛下が双子？」

「まさか。そんな馬鹿な」

「し、しかし……あの馬車のそばにいる男の顔を見ろ。陛下に瓜二《うりふた》つじゃないか」

人々のざわめきはたちまち大きくなり、広場全体に伝わっていく。皆がキースと壇上のアレンを見比べている。

「双子だ。本当に双子なんだ」

「そばにいるのは皇妃か？　どっちが本物の皇帝だ？」

「俺たちは、偽者の演説を聴かされていたのか」

「忌まわしい畜生腹のくせして、偉そうにずっと玉座に座っていたわけかよ」

囁き合う声に『騙された』、『よくも今まで偽っていたな』という、恨みと怒りの気配が混じり始める。

大公が馬車の窓から顔だけを出して、叫んだ。

「そうだ！　皇帝はずっと、忌まわしい生まれであることを隠していたのだ！　家臣や国民すべてを騙していたのだぞ、嘘は大罪だ！　こんな連中を許してよいのか!?」

「許せるものか！」

タイミングよく叫んだ声は、単なる一般市民か、それとも大公の仕込みだったのか。ひゅっ、と空気を裂く音がして小石が飛んできた。キースにもミルシャにも当たらず足元に落ちただけだったが、一人が石を投げれば、群衆の歯止めが利かなくなる。

「よくも騙したな！」

「何が皇帝だ、大嘘つきめ!!」

「責任を取って退位しろ！　いや、恥を知るなら自決しろ！」

「呪われた、双子の生まれのくせに！」

こちらに向かって石つぶてがいくつも飛んできた。逃げようにも、人が多すぎて身動きが取れない。

「ミルシャ、危ない！」

キースは急いでミルシャをマントの中に抱き込み、飛んでくる小石からかばった。右手の剣を振るい、柄頭を使って、石つぶてをはじき飛ばす。

壇上のアレンに目を向けると、同じように小石の的にされている。護衛の近衛兵が一応守ってはいるが、双子の生まれを隠していたと知ったせいか、その動きは鈍い。皇帝に裏切られたという思いは、彼らも同じなのだろう。

一番まずい形になった――そう思った時、額に衝撃が来た。

「……くっ！」

アレンに気を取られたため、石つぶての一つをよけそこねたのだ。

「キース様!?　キース様、血が……!!」

異変を感じたか、胸に抱き込んで守っていたミルシャが顔を上げる。キースを見て息を呑んだ。小石が当たって、額から出血しているのだろう。大きな眼が、限界まで丸く見開かれる。大丈夫だ、と答えるより早く、ミルシャは眉を吊り上げ、広場の中央に目を向けた。

「アレン様にも……っ」

怒りに震える声で呻いたかと思うと、ミルシャはキースの手を払いのけ、群衆に向かって叫んだ。

「やめてーっ！　やめなさい、恥ずかしくないの!?」

そばにいたキースの鼓膜が、びりびり震えるほどの大音声だった。辺境の国で野山を駆け回って鍛えたという肺活量と、毒蛇を相手に一歩も引かない気迫は、伊達《だて》ではない。

「双子だからどうしたっていうのよ、アレン様やキース様が、あなたたちに何か悪いことをしたとでも!?　そこの青い上着の男、言ってみなさい！　石をつかんでる、そこの肩掛けの女も！　その石を誰に投げつける気!?　あなたも、そこのあなたもよ！」

興奮した群衆全体に向かって制止したところで、聞き入れられはしない。しかし個人的に指名されると、冷静さを取り戻し、自分の行動を振り返る気になるようだ。名指しされた者たちが、居心地悪そうに動きを止める。石をつかんだ手を、そっと下ろす者もいた。

ミルシャはなおも叫び続ける。

「皇帝に、理不尽にいじめられた人がいるなら言ってみて！　言ってみなさい!!　石を投げる理由はなんなの!?　アレン様やキース様が、あなたたちにどんな悪いことをしたのよ！」

頬を伝う涙が西日を受けて煌《きら》めいた。

遠くへ投げ飛ばされていた子猿が駆け戻ってきて、ミルシャの肩によじ登り、心配そうに濡れた頬を撫でた。

「……ピム、無事だったの。よかった」

まだ潤んだ瞳のまま、ミルシャが子猿を撫でる。

狂気じみた興奮に取り憑かれていた人々が、冷静さを取り戻していくのが、キースにもはっきりわかった。

アレンも、空気が変わったことを感じ取ったらしい。声を張り、群衆に呼びかけた。

「確かにこの俺とキースは、双子として生まれた。父はそのことを隠した。お前たち臣民を、騙していたと言えるかもしれない。……だがこの二十五年間、皇宮が臣民に不利益を強いたことがあったか!? 父は隣国との紛争を解決したし、俺の代になってからは、内政に力を入れ、交易を盛んにして、国を富み栄えさせたと自負している! 税を引き上げたことも、無理な人員徴発を試みたこともない!」

人々から反論の声はあがらなかった。事実だからだろう。暴動じみた行為を恥じたのか、気まずそうに顔を見合わせたり、許しを請うように深くうなだれる者の姿が見えた。

アレンが口調を少しやわらげて、言葉を継いだ。

「俺とキースが双子として生まれて以来、帝国は繁栄こそすれ、衰退はしていない。双子が災いをもたらすというのは、なんの根拠もない迷信だ。そうは思わないか」

「し、しかし、陛下」

近衛兵の一人が、声を振り絞った。

「双子は、普通の兄弟と違って、生まれた時期にほとんど差がありません。それだけに、帝位の継承について問題が起こりやすく……」

「その心配なら無用だ」

すかさずキースは大声で答えた。ミルシャをエスコートしつつ、広場の中央へと歩み寄る。人々がごく自然に道を空けた。

「俺は玉座に座るつもりはない。俺は生まれた時、虚弱で小さかった。もし玉座を約束されていたなら、重圧に耐えきれず、成人する前に世を去っていたに違いない。皇帝という立場がどれほど重いものか、俺はよく知っている。血のつながりだけで、なっていいものではない。アレンは幼い頃から眠る時間を削り、血のにじむような努力をしてきた。帝王学、軍事学、政治学、馬術に武芸、その他皇帝にふさわしい性質のすべてを、身につけるためだ。俺には到底、あんな真似はできない」

いったん言葉を切って周囲を見回し、強い口調で宣言する。

「ブレッセン帝国の皇帝は、アレンただ一人だ。他にはいない。この俺がアレンの地位を脅かすのならば、いつでも自ら命を絶つ！」

アレンは大きく目をみはり、口を半開きにしてキースを見ていた。双子の兄の口から、弟を認めて褒め称《たた》える言葉が出るなど思いも寄らなかった、そんな表情だった。

(ざまみろ、驚いたか。……これでも兄だ、弟の手助けぐらいしてやるとも)

アレンの心底驚いた顔を見られたのだから、報酬としては充分だ。キースはなおも言いつのった。

「双子を理由にして、アレンを退位させたとしよう。そのあと誰が玉座に座るのか、考えたか。そのあと帝国の政治がどうなるか考えた上で、アレンを非難しているのか？」

群衆が顔を見合わせる。囁き声があちこちで湧いた。

「アレン様のあとといったら……コーディエ大公だよな」

「あの大公か……」

「今まで鳴かず飛ばずで、ろくなことをしてないぞ」

「……ま、ま、待て！　皆、騙されるな！」

人々の間に、自分を厭う空気が流れ始めたのを敏感に悟ったらしい。大公が焦った様子で声を張り上げた。だがこの期に及んでもまだ、馬車から出てくる勇気はないらしく、窓から首だけ突き出して叫んでいる。

「皇帝は今までずっと国民を騙してきたのだぞ、他にもどんな隠し事をしているか、わかったものではないぞ!!　双子は畜生腹だ、獣のような心根の持ち主だ！」

「違……」

勝手なことをわめく大公に、アレンとキースだけでなくミルシャも反論しようとした。しかしその時、轍《わだち》の音を響かせて一台の馬車が広場に走ってきた。帝都大教会の紋章がついた、黒塗りの馬車だ。

「待たれよ！　神の代理人として、申すべきことがある！　待つがよい!!」

驚いて、皆が声の方に目を向けた。声の主は大司教だ。馬車の御者席《ぎょしゃせき》に立ち、一冊の本を手にしている。

(しまった、あいつは味方じゃない……!!)

商都へ出かけているはずの大司教が、なぜ今戻ってきたのか。もしや大公と手を組んでいたのだろうか。説得がうまくいきかけていたのに、国民の信仰を集める大司教が『双子は忌まわしい』とでも言ったら、ぶち壊しだ。だが止める策を思いつかない。たとえ皇帝のアレンでも、帝都大教会の最高位にいる大司教に、強権発動はできない。そんな真似をしたら暴動が起こる。

人々が道を空け、広場に入ってきた馬車は、中央近くまで来て停まった。大司教が広場を見回した。アレンとキース、そしてミルシャのところで、視線がいったん留まった。

（……なんだ？）

感じたのは、敵意ではない。むしろ謝罪に近い色だ。どういうことかと尋ねるより早く、大司教が口を開いた。

「帝都大教会を統べる大司教として、申し述べる。新しい事実が判明したゆえ、大急ぎで帝都に戻って参った。……よいか、双子は決して汚らわしい存在ではない。畜生腹として忌み嫌うのは、意味のない慣習であったのだ！」

広場がどよめいた。キースはアレンと顔を見合わせた。

「あれは大司教だな？　俺が幻覚を見ているわけじゃないな？　手に持っているのは、ミルシャが見つけた本のようだが」

「ああ、そのようだ。……どういうことだろう。大司教は、慣習や常識を破ることには厳しかったはずだぞ。なぜ気を変えた？」

ミルシャも子猿を抱えて固まっている。

その間も大司教は喋り続けた。

「これはつい最近発見された、マシュラム神教の古伝二十六巻じゃ。今朝《けさ》までじっくり読み、迫害時代に失われた古伝の正本だとわかった。その中に、聖人が双子に祝福を与えた逸話が記されている。聖人は兄弟の親切に深く感謝したという。……双子は決して、汚らわしいものではない。皆、下がれ。皇帝にこれ以上の無礼があってはならぬ」

説教に慣れた声は朗々としてよく通り、広場の隅々にまで響き渡った。人々の信仰を集める教会の、大司教が説くのである。皇帝の言葉よりも、群衆の心にしみ入りやすいかもしれない。ざわついていた声はすぐに静まった。

大司教が、古伝の該当箇所を読み上げる。迫害された聖人がある村に行き着いた時、貧しい双子の兄弟が歓待し、聖人は彼らに祝福を与えたという逸話だった。

「……この古伝の正本は遠い昔に失われ、略本だけが伝わっていた。それゆえ、聖マロードが双子を祝福した逸話は、世に伝わることがなかった。そして長い月日の間に、双子を忌む風習が広まってしまったのだ。しかしその風習に、何一つ根拠はない。聖人が、ひいては神が、許し賜《たま》い、祝福したる者を、人が忌み嫌い迫害することがあってはならぬ。それは神の御心に背くことじゃ」

人々が顔を見合わせ、大司教や、アレンとキースを見比べる。しかしその視線は、大公の糾弾を聞いていた時とはまったく違う。自分たちはとんでもない不敬なことをしたのではないか、そんな気配が漂っている。

「そんな……そんな、馬鹿な！」

沈黙を破ったのは、コーディエ大公の叫びだった。

「信じられません、いくら大司教の仰《おお》せでも……今までずっと、双子は忌むべき者とされておりました」

「そうじゃ。しかしそれが誤りであった」

「その本を見せてください。この目で確かめねば受け入れられません」

アレンたちを糾弾する時も馬車にこもっていた大公が、よろめきながら外へ出てくる。大司教の言葉の内容に、よほどショックを受けたらしい。

「無理もない。これまで慣習として通っていたことが、突然、間違いであったと言われては、なかなか受け入れられまい。しかし我が目で確かめて、改めようとするその姿勢は、きわめて立派だ」

大司教は二度三度と深く頷き、大公を招き寄せた。書物を開いて、該当箇所を指し示す。

歩み寄った大公が、ページを凝視した。

「こ、こんな、馬鹿な……」

顔が青ざめていき、体がわなわなと震えだした。

「なぜだ、なぜ……もう少しのところだったのに！　畜生、こんな本さえなければ……!!」

裏返った声で叫び、大公が書物を引ったくった。

「何をするか、大公！」

「こんな本さえなければ、うまくいったんだ!!」

顔を赤黒くして、大公が力任せにページを引き破ろうとする。取り返そうとするように大司教が手を伸ばしたが、御者席からでは届かない。

「……ピム、行きなさーいっ！」

横から聞こえたのは、ミルシャの叫びだった。指さした先は、大公だ。

飼い主の命令を正しく理解し、ピムは大公に飛びついていった。顔を掻きむしる。

「ひゃああっ！」

情けない悲鳴をあげて、大公は本を落とした。子猿を払い落とそうとするが、素早く頭に登ったり肩に飛び移ったりするピムを追い払うのは、容易ではない。その間に、大司教の供をしていた修道士が、落ちた書物を拾い上げた。差し出された本を受け取る大司教は、怒髪天をつくという言葉がぴったりの表情だ。

「おのれ……聖人の行いが記された貴重な書物を、個人的な動機で破り捨てようとは、言語道断!!　たとえ皇帝が許しても教会が許さぬぞ！」

割れ鐘のような声が広場に響く。声に驚いたのか、子猿が大公から飛び離れて逃げた。しかしもはや大公に逃げたり言い訳をしたりする気力はないようだ。その場にくたくたとくずおれたのを、修道士たちが引き起こしている。

「いや、こっちも大公を許す気はないんだが……」

アレンが呟いたけれども、広場の空気はすでに大司教の支配下だ。人々の間から「大公を許すな」という大合唱が湧き上がる。

キースは苦笑いして、アレンの肩を叩いた。

「おいしいところを大司教に持っていかれたな」

「まあいいさ。目的は達した。この雰囲気なら、双子は忌まわしいという考え方も徐々に消えていきそうだ。何より、ミルシャを無事に取り戻せた」

「まったくだ。ミルシャが無事でなければ、どんな解決でも意味はない」

そのミルシャは、大公から逃げ出した子猿をつかまえて胸に抱き、小さな頭や背を撫でて労をねぎらっている。アレンとキースの視線に気づいたらしく、功労者の子猿を両手で高く掲げてみせて、とてもいい笑顔を向けてきた。

自然と釣り込まれて笑顔になるのを自覚しながら、キースは片手を上げて応えた。隣で同じように、アレンが微笑を浮かべて片手を上げている。


その後、コーディエ大公は皇妃誘拐の罪で裁かれた。

当初アレンは死罪を主張したが、皇帝が叔父殺しの汚名を背負うことを危惧《きぐ》してか、諸侯から終身刑ですませるべきだという声が多くあがり、幽閉と決まった。

アレンがその決定を素直に受け入れたのは、大司教が大公の身柄を引き受けることを申し出たからだ。大司教は、大公がようやく見つかった『神教古伝』を破ろうとしたことに、激しく怒っており、『一生修道院に幽閉して、聖人の偉業をないがしろにすることの罪深さを、思い知らせてくれる』と言ったのだ。

「……あの大司教の怒りを買って、一生厳しい修行をさせられ、説教を聞かされ続けるくらいなら、一思いに処刑される方がましかもな」

「俺もそう思う。身分も領地も剝奪《はくだつ》になったわけだし、あとは大司教に任せよう」

アレンとキースが二人でしみじみと頷き合ったので、ミルシャもそれでよいと思うことにした。

キースは日陰の身から、皇族の一人として表に出ることになった。キース自身は、そのことについてかなり葛藤したようだ。古来から、王侯の兄弟という存在は紛争を引き起こす。ましてキースはアレンの兄にあたる。キースを担ぎ上げて政権交代を目論む者が現れるのではないかと、不安だったらしい。

説得したのはアレンだった。

『お前は紛争を引き起こして、ミルシャを悲しませたいか？』

『なら、問題はないだろう。……言っておくが、俺の影武者を務めていた時とは違って、大公の立場になれば、行動には責任がつきまとう。皇帝の兄にあたるお前が忠誠を尽くしてくれれば、他の臣下もそれに倣うだろう』

『国を安定させるために、皇帝陛下に対する俺の臣従が役に立つということか』

『俺のためでも、帝国のためでもない。ただ、皇妃ミルシャのために。……そうしてもらいたい』

その言葉がキースの心を動かしたらしい。

紆余曲折《うよきよくせつ》はあったものの、キースは皇位継承権第一位の新しい大公となった。残る問題はただ一つ——ミルシャと二人の関係である。これは三人で解決するしかない。


「……いいか、キース。ミルシャは俺が見初めて帝国へ連れてきた、俺の妻だ。俺のものだ。お前はどこかから適当な娘を見繕って、娶れ」

「犬猫の仔《こ》をもらうのとはわけが違うんだ、軽く言うな。俺はミルシャ以外の女はほしくない。今までアレンのふりをして何人もの女と遊んだが、心から愛しいと思ったのはミルシャ一人だ」

「俺のふりをして、何をやらかしているんだ、お前は。だいたいミルシャと結婚したのは俺なんだぞ。お前が勝手に割り込んでくるから、話がややこしくなったんだ」

ミルシャは困惑しきって、双子の言い争いを聞いていた。

三人がテーブルを囲んで話し合っているのは、アレンの居室の一つだ。壁の厚い部屋だし、小姓も侍女も衛兵も遠ざけたので、中で何を話そうと人に聞かれる心配はない。

それがわかっているせいか、アレンとキースの言い争いは過熱する一方だった。どちらにもまったく譲る気はないから、解決するわけがない。そのうち決闘を始めそうになったので、それはミルシャが止めた。

「やめてください、決闘なんて。私には、アレン様もキース様も大切なんです。お二人のどちらかが怪我をするとか、万一のことがあったらなんて、想像したくもありません」

「しかし、こうでもしないと決着が……」

「いやです！　どちらが傷つくのもいやだって言ったでしょう、どうして聞いてくださらないの!?」

涙ぐんで怒ったら、二人とも反省したらしく、額がテーブルにつくほど頭を下げて詫びてきたので、許すことにした。しかし決闘なしとなると、結論が遠い。

「……俺たち二人で話していても埒《らち》があかないな。ミルシャに決めてもらおう」

「よかろう。どう決まっても、文句は言いっこなしだ。どうする、ミルシャ？　どちらを選ぶんだ」

二人に視線を向けられ、ミルシャはうろたえた。今まで論争を聞きながら考えていたのだけれど、答えが出せないのだ。どちらかを選び、もう片方を切り捨てることなどできない。困り果てて黙り込んでいることが、答えになったらしい。双子が揃って溜息をついた。

「選べないのか」

「ごめんなさい……」

「謝ることはない。お前に酷な決断を強いているのは、俺たちの方だ」

「その通りだ。ミルシャに無理をさせるわけには……待てよ？　今、無理な決断をさせる必要はないんじゃないか？」

「どういう意味だ」

「決断を日延べしてもらう。ミルシャには時間が必要だろうし、今のままでは、どちらを選ぶかを決める材料が足りないだろう」

「なるほど、そういう意味か。独占できないのは腹立たしいが、やむを得ない」

二人で頷き合っている。仲の悪い時は仇敵《きゅうてき》のようにいがみ合っていたのに、もともとが双子だからか、いざとなると意思の疎通が早い。ミルシャを両方から見つめて、アレンとキースが問いかけてきた。

「お前の心が決まるまで、交替で相手をするとしよう。今夜はどうするんだ、ミルシャ」

「え？　こ、交替？」

自分がどちらかに抱かれることは、決定事項らしい。

「他に決める方法がない。今夜はどちらと寝るんだ、もちろん俺だな？」

「馬鹿を言え、ミルシャは俺を選ぶに決まっている」

「根拠のない思い込みで威張るな。うぬぼれは醜いぞ」

「それはお前だ」

ミルシャが啞然としている間に、二人はまた揉めている。自分たちで言い争っても決着がつかないと感じたのか、同時にミルシャを見た。

「あ、あの……交替って、その……夜の、相手の、ことですか？」

「他に何がある」

「お前が『今はまだどちらを夫にするか選べない』と言うからだ。だが今夜の相手を決めるぐらいはできるだろう？」

「で、でも……」

アレンを選べばキースが拗ねるだろうし、キースを選べばアレンが怒る。どうにも決めかねて、おたおたと二人を見比べていたら、キースとアレンが頷き合った。

「決められないようだ。これ以上ミルシャを困らせるのはよくないな」

「よくない。だがどちらも譲る気はないわけだから、方法は一つきりだ」

「よし、そうしよう」

言ったかと思うと、二人がかりでミルシャを担ぎ上げる。

「きゃあああぁっ!? やだっ、下ろして！」

「ミルシャが選ばないからだ」

「どちらも譲れない以上、二人で同時に可愛がるしかないだろう？」

奥のベッドまで運ばれ、下ろされて左右から脚を持ち上げられたら、ころんと倒れるしかない。片方ずつミルシャの靴を脱がせたアレンとキースが、自分たちも靴を脱いで隣に体を添わせてくる。

「やっ、ちょっと……!! 待って、いくらなんでも一緒になんて！」

制止の言葉には一切耳を貸さず、二人は競い合うようにミルシャの衣服を剝ぎ取りにかかった。背中のホックを外し、サッシュをほどき、スカートをめくってガーターベルトの留具を外し、脚を持ち上げて絹のストッキングを脱がせる。

「ま、待っ……だめっ、だめぇっ！ あぁんっ……!!」

足の裏を舐めて自分に悲鳴をあげさせたのは、キースか、アレンか。うろたえ、恥じらい、快感に身悶える間に、ミルシャは全裸に剝かれてしまった。

「やぁっ……待ってください、恥ずかし……んんっ……」

唇を重ねられた。舌が入ってくる。

(アレン様……)

唇を重ねてすぐに舌を入れてくるのは、アレンのやり方だ。さらっとした唾液も、舌の熱さも、知っている。ミルシャは自分から舌をからませて、アレンに応えた。強く吸われる痛みさえ、心地よい。

「んんっ、ふ……ぅっ……んぅ!?」

甘い喘ぎに、途中で驚きが混じった。背後から前に回った手が、ミルシャの胸をとらえたせいだ。

「ずるいぞ、俺もいるのに二人で楽しむな」

背後のキースが耳元で囁き、胸を弄ぶ。右手は胸のふくらみ全体を包み込むように揉みしだき、左手は頂点の蕾をつまんで、優しくこねる。たちまち、左の乳首が硬く尖った。

「知っているんだ。お前はここが弱い」

きゅっと強くつままれ、耐えきれずにミルシャは大きくのけぞった。唇が離れた。

「やぁんっ！　そんなにしたら……ぁ、あぅ!!」

「気持ちいいだろう？　いい子だ、もっと素直に気持ちよくなれ」

ミルシャを焦らすためなのか、右手は頂点の突起には触れてこない。指先が乳輪を軽くかすめる程度で、全体をソフトに撫でる。左手は逆に、勃った乳首に爪を立てたり、つまんだりとかなり乱暴な愛撫だ。痛い。けれども、

（やだ、私、どうしちゃったの？　痛いのに……痛いはずなのに）

苦痛と一緒に、甘くしびれるような快感が、キースに弄ばれる胸を苛《さいな》み、広がっていく。全身がほてり、意識がとろけていくかのようだ。

「あ、はぁっ、ん……だめぇ……」

胸をまさぐられ、耳朶を噛まれて甘く喘ぐミルシャを見やり、アレンが不機嫌そうに眉を吊り上げた。

「そこまでキースに応えてやることはないんだぞ。まあいい、胸は譲ってやる。代わりに」

「きゃひぃっ!?」

無防備だった秘裂を、アレンの指が犯した。第一関節まで一気に埋めてから、引き抜く。それでも摩擦は少しも感じなかった。

燭台の明かりを受けて濡れ光る指を、アレンはミルシャの口元に突きつけた。

「やんっ……」

「お前の蜜だ。味わってみろ」

「ん、んっ」

アレンは強引に口へ指を入れ、薄く塩気の混じった液を、ミルシャの舌になすりつけた。

(んもう、意地悪っ!)

お返しに、ミルシャは指に歯を立てた。もちろん本気ではなく、甘噛みだ。アレンの指がぴくっと震えたので、噛むのをやめて吸う。舌をからめて、関節を舐め回す。

「こいつめ」

苦笑混じりに言い、アレンはもう片方の手を秘裂にすべらせた。今度は、奥深くへ入れるのではなく、浅くすべらせて上端の蕾をとらえた。指の腹で、くりくりとこね回す。

「ひぁっ！　あぁっ、だめぇ……っ！」

腰がわななき、足の指が攣《つ》りそうなほどそりかえる。キスも、乳首を弄ばれるのも気持ちよかったけれど、下腹の蕾をいじられる快感は、比較にならないほど凄まじい。

ミルシャが悲鳴をあげても、アレンは知らん顔で秘裂を責めた。体をずらし、喉、鎖骨の窪みへと唇を這わせる。競争心を起こしたのか、キースの愛撫も激しさを増した。両の乳房を弄びつつ、耳孔《じこう》を舌で犯す。アレンはミルシャの脇の下を舐め回しながら、秘裂の奥を指で掻き回し、合間に小さな蕾をこねる。

あらゆる場所からの快感に、ミルシャは身悶えた。全身をほてらせる熱に意識が溶けて、形をなさなくなっていく。

「あっ、ぁああっ！　だめっ、こねちゃだめぇ……あんっ、胸も……はうぅっ!!」

「いい声だ、ミルシャ。ここか？　それともこうかな」

「いや、そっちじゃなくてここだろう？」

「……あひぃっ!?」

キースが後孔を指で探ってきた。ミルシャは悲鳴をあげて身を縮めた。

小襞を撫でられると、力が抜けるような、逆に身を固くして背筋の震えに耐えねばならないような、異様な感覚が体を苛む。濡らした指を突き立ててくるアレンのやり方と違って、ソフトでこまやかだ。

「ここは初めてか？　それならじっくり教えてやらなければ」

笑うキースに、アレンが小馬鹿にする口調で告げた。

「遅い。教えるも何も、そこの処女は俺が貰い受けた」

ムッとした顔になったものの、キースはすぐ、気を取り直した様子で言った。

「まだ開発中か。それなら仕上げは俺がやってやろう。どんなことでも、基礎固めは下っ端の仕事で、仕上げは玄人《くろうと》がやるのが普通だからな」

「ほう、お前はそっちの玄人なのか。変わった趣味だな、俺は前の穴を責める方が得意だ」

「この野郎」

互いに対抗心を燃やすので、間のミルシャとしては困る。しかし何か言おうとして口を開いても、競うように愛撫されて、喘ぎばかりがこぼれてしまう。

「はぁんっ！　あ、ふぅっ……だめ、そんなにしたら、だめぇ……っ」

「可愛い奴……もう充分すぎるくらいとろとろだ。入れてやる」

「！」

ミルシャは驚いたし、キースも「待て、勝手な真似をするな」と言ったようだが、アレンは気にする様子もなく、腰をとらえて秘裂に牡をあてがい、勢いよく突き入れた。

「あぁぅ……っ！」

二人がかりの愛撫で潤みきってはいたけれど、指と牡では大きさが違う。粘膜が引きつり、ミルシャは呻いた。それでもアレンは侵入を止めてくれない。蜜壺がアレンの形に変えられていく。圧迫感が凄まじい。

(アレン様の、形……)

これまでに愛された記憶が蘇る。アレンの牡は長くて、自分の奥まで届くのだ。

「……入った。動かすぞ、ミルシャ」

「くはぁっ、ん……ぁあっ！」

じゅぷじゅぷと淫らな音が、ミルシャの鼓膜を叩いた。最初はゆっくりと、徐々に緩急をつけて動かしてくる。

「大丈夫か、苦しいか？」

「んっ……少し、圧迫感が……でも、平気です」

「いい子だ」

「あっ、ぁ、あぅ……!!」

深く突き入れられるたび、子宮の入り口を叩かれる。粘膜を押し広げられ、奥まで突き入れられた充溢感で、本当は苦しかった。内臓をつぶされそうな気がする。それでも無理とは言いたくなかった。アレンを受け入れたかった。

だから平気なふりをしたのに、

「お前のは小さいから、負担にならないんだろう」

キースが後ろから余計なことを言って、せせら笑う。アレンが不興げに眉根を寄せ、動きを止めた。男性にとって『小さい』というのは、大変プライドを傷つけられることらしい。

慌ててミルシャはフォローした。

「そ、そんなことないです!! どっちかっていうとアレン様の方が長いんです、奥まで来る感じが……あっ! だ、だからって、キース様が小さいわけじゃありません! キース様の方が太くて、入ってくる時はきつくて……」

「もういい」

「気を遣うな」

前後から、諦め混じりの声でなだめられた。アレンが再び腰を揺すり始める。

「やぁっ! こんな、激し……ひぁあっ!!」

徐々に激しくなる突き上げに耐えようと、ミルシャはアレンにすがりついた。背後から、キースが不平をこぼした。

「どうしてアレンにばかり密着するんだ」

「そ、そんなこと、言われてもっ……あ、ぁあん! アレン様、そんな……ひぃっ! 揺すっちゃ、だめぇ……!!」

「くそ、二人でいちゃつくな。……俺も入れる」

キースが左手でミルシャの尻肉をつかんで横に引き、右手を谷間に這わせた。一瞬、腿の間から前へとすべらせ、ミルシャの蜜液をすくい取っておいて、後孔へ指を突き立てる。

「きゃうっ⁉　くぁっ、あ……やぁ、ん！」

開発済みで、潤滑液を使ったとはいえ、いきなり突き立てられたのはきつい。しかもアレンの突き上げに合わせて腰が跳ねるたび、指が深く入る。

「だめっ、だめぇ!!　指、やめて……っ！」

「ほぐさないと入らないだろう。俺はアレンだけに楽しませておくつもりはない」

「で、でもっ……あぅう！」

「いいぞ、ミルシャ。ぐいぐい締めつけてくるじゃないか」

「あんっ……違うの、わざとじゃなくて……!!」

指を入れられた苦痛でミルシャが身悶えるたび、腰に力が入って、アレンの牡を強く締めてしまうらしい。そんなことを褒められても、喜べない。

「こっちの穴は濡れない分、入れられるほどほぐれるまで時間がかかるな」

ぼやいたキースが、後孔から指を抜き、襞の中心に牡をあてがってくる。腰を両手でつかまえ、強引に沈めた。

「あぅううっ!!」

悲鳴をあげてのけぞった瞬間、アレンが眉間に皺を寄せた。苦笑いで呟く。

「すごい締めつけだ。……具合がよすぎて、危うく暴発するところだった」

「おい。俺はお前を楽しませるために、やっているんじゃないぞ」

アレンに文句を言ったキースが、ミルシャの耳を甘噛みした。

「はぁんっ……」

「ゆっくり息を吐いてごらん、ミルシャ」

アレンに対してとはまったく違う優しい口調で囁かれ、熱い吐息を吹きかけられると、そうしなければいけない気になる。ミルシャは息を吐いて体の力を抜いた。

牡が粘膜を押し広げて、さらに深く侵入してきた。

「あ、ぁ……」

「うわ……キースが入ってくるのが、こっちに伝わってくる。変な感じだ」

「それはお互い様だ。いやなら抜いて、見学していろ」

「お前にミルシャを独占させてたまるか」

二人の言い争いを止める余裕は、ミルシャにはなかった。前も後ろもぎちぎちに埋められて、苦しい。内臓がつぶされそうだ。それなのに、アレンが動くたびにこねられる胸の蕾や、キースの吐息がかかる首筋が、心地よくてたまらない。

全身で、感じてしまう。

アレンに深く突き上げられて、猛り立った牡が奥に当たるたび、下半身がびりびり震え、足の指が攣りそうになる。キースがゆっくり、ゆっくりと焦らすように動かすのが——特に抜けていく時の感触が、腰に響いて、自分でも恥ずかしいほど甘い喘ぎが出てしまう。気持ちよすぎて涙がにじむ。ずっと半開きで喘ぎ続ける唇から、唾液までもがこぼれ落ちた。

「ぁはぁっ、そこっ……そこ、だめぇ！　そんなっ、奥まで突いたらぁ……!!　あぁあんっ、やだっ……お、おかしく、なるぅ！」

「なればいい」

「俺が介抱してやる」

手加減するどころか、なお一層荒々しく、二人が突き上げてくる。二本の牡が膣壁《ちつへき》を隔てて、ごりごりとこすれ合う。熱くてたまらない。腰が何度も跳ねる。

快感は腰から脳まで、何度も小爆発を起こしながら駆け上がり、脳を溶かしていく。

どれほどの時間、二人に愛されていただろうか。ミルシャの中で、牡がびくびくと震えてふくれ上がった。

「うぅっ、出る……!!」

「ミルシャっ……出すぞっ！」

キースとアレンが同時に呻く。

ミルシャが何を言う暇もなかった。

アレンは根元まで深々と突き入れて迸らせ、逆にキースは引き抜きざま、ミルシャの双丘にぶちまけた。

二人の熱が、一気にミルシャを追い上げた。頭の中が真っ白になる。意識が溶ける。

「ひっ……あ、あああぁーっ！」

一際高い声をこぼして、弓なりにのけぞって、ミルシャは達した。気持ちいい。何もかもが、心地よすぎる。アレンも、キースも、愛おしい——快感にとろけたまま、ミルシャの意識は暗転した。

エピローグ

気がつくと、ベッドの中央に寝かされていた。両側にはアレンとキースが横たわっている。

「目が覚めたな」

「大丈夫か、どこか痛むか？」

「あ……ちょっと疲れてるけど、平気です」

「よかった」

「無理をさせすぎたかと思った」

二人が同時に微笑む。左右を見て両方に微笑を返さなければならないので、忙しい。喉が渇いたから水でも飲もうと身を起こしたら、アレンとキースが「どうした」、「何か必要なのか」と、水差しの水を汲んできたり、汗を拭ってガウンを着せかけたりと、争って世話を焼いてくれた。

二人に同時に抱かれるのはかなりきついが、終わったあとの二人からいたわられる感じは心地よい。いや、正直なところを言えば、

(アレン様とキース様、二人がかりって……刺激的かも)

恍惚の時間を思い返すと、頬がほてる。二人から同時に抱かれるきっかけになったのは、自分がアレンとキース、どちらも好きで、片方だけを選ぶことなどできなかったからなのだけれど——今でも選べそうにない。

まだ決めかねると言うとアレンもキースも、選ばれなくてがっかりしたのが半分、切り捨てられなくてホッとしたのが半分という表情になった。

「となると……ミルシャが決めるまで、このままか」

「やむを得ない。ただ、いずれ問題が生じるかもしれない」

キースが軽く眉根を寄せて言い出した。

「もしミルシャが孕んだとして、どちらの子かわからないんだ。今の状態だと、ミルシャは皇妃、つまりアレンの妻だ。子供は自動的にアレンの子供として扱われる」

ミルシャは言葉に詰まり、二人の顔を見比べた。確かにそうだ。男の子だったら、皇太子になる。アレンは自分の胤《たね》かどうかわからない子供を我が子として扱うことになるし、キースは自分の子供であっても手元で育てられない。

「どちらでも構うまい。同じことだ」

アレンがなんでもないといった口調で返した。キースが軽く目をみはる。

「お前がそんな、さばけたことを言うとは思わなかった」

「さばけているのなんのという話ではない。俺が帝位を継いだのは、生まれた時にたまたま体が大きく健康だったからだ。お前が皇帝で俺が影武者になっていた可能性も、充分にあった。それを思えば、どちらの胤でも同じことだろう」

「確かに。アレンの言う通りだな。……叔父が甥姪を我が子のように可愛がるのも、ない話ではないし」

「何より、ミルシャの生む子供だ。それで充分だ」

「わかった」

二人が顔を見合わせて微笑する。いがみ合っていたアレンとキースが仲良くなってくれたのが嬉しく、ミルシャの顔もほころんだ。しかし、

「ではこれからも、ミルシャには二人分受け止めてもらわなければ」

「お転婆で鳴らしたんだ、体力はあるだろう。早速、二局目といくか」

「え？　え、え？　きゃぁんっ!?」

喧嘩をやめると、双子の息はぴたりと合う。ミルシャはベッドに押し倒された。四本の手、二つの舌が、ミルシャの体を這い回る。二本の熱い猛りが前後から、さっきの熱がまだ残る肌に触れてくる。

「やっ……ち、ちょっと、待って！　そんな、すぐなんて……っ」

「何を言う。お前がこのくらいでばてるものか。まだまだ体力があり余っているはずだ」

「もしへたばったら、二人がかりで看病してやる。念入りにな」

「それ、看病じゃないっ！　やんっ⁉　あ、ぁあっ……は、ぅ……」

まだ熱が冷め切らない体を撫で回される。軽く爪を立てられ、甘噛みされ、舌で巧みに掘り起こされて、再び体の芯が潤み始める。

「口ではどうこう言っても、体は素直だな」

「中までとろとろで、いつでも迎え入れましょうという雰囲気じゃないか。本当はほしいんだろう。ん？」

「違……私、そんな……ひぁっ⁉　だめぇっ！　あっ、ぁ、あぁぁ……‼」

再び前後から挟まれて、貫かれた。体の内と外から、快感が押し寄せてくる。

（ん、もうっ……二人とも、譲らないんだから……）

それでも、制止する気にはなれない。

さんざん悩んだけれど、二人から同時に抱かれてわかった。アレンとキース、自分はどちらも愛しているし、二人から愛されているのはとても心地よく、幸せだ。

幸福と快感に酔い、ミルシャは甘い声をこぼして、恍惚に溺《おぼ》れていった。

あとがき

こんにちは、矢城米花です。今まで他社で何冊かＴＬを書いていますが、ハニー文庫では初めて書かせていただきました。

ヒロインのミルシャは、王女にしては庶民的で正直な子です。思い込みが激しい分、行動力にあふれています。このミルシャの前向きで活発な性格に引っ張られて、話ができあがりました。

……この先はネタバレを含みますので、小説本文を先にお読みください。

さて、これから先の三人の関係ですが……アレンとキースは、どちらもミルシャを心から愛していて、可能なら独占したいと思っています。しかし、卑怯な手は使いません。ミルシャにばれたが最後、嫌われて蔑まれるとわかっているからです。結局、正々堂々と愛を奪い合い、ミルシャはどちらのことも好きで、選べないままでしょうね。

とはいえ、皇帝と大公と皇妃、三人がしばしば一室にこもっていたら、そのうち周囲から怪しむ声が上がるかもしれません。

けれどもそこは、『仲が悪くても息の合う双子』です。口八丁の手八丁、自分たちの政務は手早く済ませて時間を作り、『長年にわたり不仲だった兄弟が、やっと和解したのだから、少しでも多く話し合い、帝国のために力を尽くしたい』とでも説明して、ごまかすんじゃないでしょうか。

そしていつまでも三人、幸せでにぎやかな日々が続くと思われます。


成瀬山吹先生、美しく華やかなイラストをありがとうございました。可愛くて元気なミルシャも、そっくりな顔立ちなのに雰囲気の違う双子も魅力的で、完成イラストを見るのが楽しみでなりません。

担当S様や刊行に際してご尽力いただいた皆様に、深くお礼申し上げます。

何よりもこの本を読んでくださった貴方に、心からの感謝を送ります。またお会いできることを、心から願っています。

矢城米花　拝

本作品は書き下ろしです

矢城米花先生、成瀬山吹先生へのお便り、
本作品に関するご意見、ご感想などは
〒101-8405
東京都千代田区三崎町2-18-11
二見書房　ハニー文庫
「二人の皇帝～淫らな愛の板挟み～」係まで。

Honey Novel

二人《ふたり》の皇帝《こうてい》
～淫《みだ》らな愛《あい》の板挟《いたばさ》み～

【著者】矢城米花《やしろよねか》

【発行所】株式会社二見書房
東京都千代田区三崎町2-18-11
電話　03(3515)2311［営業］
　　　03(3515)2314［編集］
振替　00170-4-2639
【印刷】株式会社堀内印刷所
【製本】ナショナル製本協同組合

落丁・乱丁本はお取り替えいたします。
定価は、カバーに表示してあります。

ISBN978-4-576-15031-4

http://honey.futami.co.jp/

甘くとろける蜜の恋☆濃蜜乙女レーベル
Honey Novel

夏井由依の本

初夜
～王女の政略結婚～

イラスト＝周防佑未

夫を王にする権限を持つ王女ネフェルアセト。政略結婚相手のアフレムは強がりを見抜いたように優しく触れてくる、今までにない男で…